꽃을
사랑
한다

꽃을 사랑한다

1판1쇄 인쇄   2020년 4월 30일
1판1쇄 발행   2020년 5월 7일

지은이   현진 스님
펴낸이   남배현

기획   모지희
책임편집   박석동

펴낸곳   모과나무
등록   2006년 12월 18일 (제300-2009-166호)
주소   서울시 종로구 종로19, A동 1501호
전화   02-725-7011
전송   02-732-7019
전자우편   mogwabooks@hanmail.net
디자인   동경작업실
ISBN   979-11-87280-42-2 (03810)

글·사진 ⓒ 현진, 2020

이 도서의 국립중앙도서관 출판예정도서목록(CIP)은
서지정보유통지원시스템 홈페이지(http://seoji.nl.go.kr)와
국가자료공동목록시스템(http://www.nl.go.kr/kolisnet)에서
이용하실 수 있습니다.(CIP제어번호: CIP2020016728)

 지혜의 향기로 마음과 마음을 잇습니다.

꽃을 사랑한다

현진 스님 산문집

모과
나무

내가 사는 이곳도

군더더기 없는 간결한 정원으로 만들고 싶다.

공간에 무언가를 채워서

느끼는 충만보다

비워서 오히려 고요해지는

깊이를 맛보고 싶다.

머리글

일전에 독서 모임을 주관할 때 내 글쓰기의 비결은 '적자생존'이
라 말했다. 소재가 생각날 때마다 적어 두어야 그때그때 문장에
응용할 수 있다. 기억에 의존하다보면 잊어버리기 일쑤라서 비록
단상斷想일지라도 무조건 메모장에 적어야 살아남기 때문이다. 법
정法頂(1932~2010) 스님도 엄청난 메모광이라서 다섯 걸음마다 필
기했다고 하여 '오보일기五步一記'라는 일화를 남겼다.

그러기에 문장마다 온전한 내 생각이란 별로 없다. 이미 알려진
철학이나 고인들의 묵상을 잘 기록해 놓았다가 빌려 쓴 것에 가
깝기 때문이다. 성경에는 '하늘 아래 새로운 것은 없다' 했으며,
'발명될 수 있는 것은 모두 발명되었다'는 잠언도 있다. 그러므로
이 세상엔 독창적인 작품은 애당초 없고 변주곡만 있다는 주장
이 나올 만하다. 법고창신法古創新이 여기에 해당되겠다.

여기에 발표한 글들은 하나의 변주곡에 불과하겠지만 풍파 가득
한 이 세상을 견디는 이들에게 격려와 응원의 박수를 보내고 싶
어 일기日記 같은 원고들을 정리했다. 대부분 이곳에서 꽃 심고,

김매고, 마당 쓸며 생활했던 시시콜콜한 이야기들이다. 나이를 먹어가면서 세상과 다투거나 인생에 대해 불평하는 일이 적어진 것 같다. 아무래도 지금의 상황을 이해하고 수용할 수 있는 아량과 여유는 세월의 다리를 건너보아야 가능해지는 일 같다.

봄 손님이 창가에 서성이며 기척을 하고 있다. 문을 열고 봄을 맞이하는 기분은 매번 설레고 가슴 벅찬 기쁨이다. 인생에서 봄날을 다시 누릴 수 있다는 건 어마어마한 기연奇緣이 아닐 수 없다. 또 어느 생에서 오늘의 봄날을 만날 것인가. 그러니 자신의 인생을 들여다보며 괜히 투덜대지 마시라. 각자의 인생은 그 자체로 빛나는 삶이다. 눈부신 봄날이 되길 빈다.

2020년 사월에
현진

차례

여름 • 나는 지금 풀과 씨름하고 있다

가을 • 도토리 몇 개가 떨어졌다

겨울 • 오후 내내 다실 공간을 정리했다

11

일러두기

1. 노래, 시, 영화, 연극, 잡지 등은 〈 〉로 표기하였고, 책 제목은《 》로 표기하였다.

봄

·

먼 데서 바람이 바뀌어 분다

벚꽃이 화사하게 피어서 그야말로 화사花寺가 아
닐 수 없었다. 꽃 아래를 거닐면서 봄날의 찬가를 불렀다.
내 생애 특별하고 황홀한 봄날을 맞이하는 최고의 순간이었다.

색이
툭 터진다

그저께는 햇살이 따스해서 종일 밖에서 이런저런 일을 했다. 법당 뒤쪽에 이리저리 뒹굴고 있는 낙엽더미를 걷어내는 일로 몇 시간을 보냈다. 영산홍 사이사이에 숨어 있는 낙엽까지 걷어냈다. 벌써 꽃가지에는 생명의 기운들이 봄 기지개를 준비하고 있었다. 모란 가지에 새 움이 트고 함박꽃 새싹이 흙을 들어올리며 고개를 내밀면서 차례를 기다리고 있다.

오늘은 앞뜰에서 복수초 몇 송이를 보았다. 얼마나 청초하던지 나도 모르게 감탄을 연발했다. 누가 봐주지 않았어도 저만치 홀로 피어 봄소식을 일찍 전해주고 있다. 다른 꽃들이 몸을 열지 않고 아직 침묵하고 있는 이 시기에 먼저 말문을 열어주어서 고맙기 그지없다.

견디기 어려워, 드디어
겨울이 봄을 토해 낸다
흙에서, 가지에서, 하늘에서,
색이 툭 터진다
여드름처럼

조병화 시인이 두고 간 봄 편지다. 봄은 이렇게 그 때를 참지 못해서 여드름처럼 툭툭 터지고 있다. 바람의 느낌도 조금씩 다르다. 봄 손님은 성큼성큼 다가와서 어느 날 훅 손을 내미는 게 아니라 아장아장 아주 조금씩 걸어와서 안부를 전한다. 봄꽃이 순식간에 피는 것처럼 보이지만 실제로는 차근차근 준비한 축제라는 뜻이다.

다만 바쁘게 살다보니 봄 기척을 듣지 못할 뿐이다. 그 겨울부터 준비해온 것이다. 꽃나무를 자세히 관찰해보면 가을 즈음에 이미 꽃눈이 맺히고 그 꽃눈을 외피가 여러 겹으로 감싸주고 있다. 다시 말해 꽃은 추워지기 전에 온전히 형성되어 겨울잠을 자는 것이다. 그러다가 봄이 되어 눈을 뜨고 기지개를 켜는 과정이 개화의 순간이다.

우리 인생도 최선을 다하며 기다리는 사람만이 그 기회를 만났을 때 비로소 자신의 능력과 기량을 한껏 발휘할 수 있다. 그러므로 지금 계획했던 일들이 잘 풀리지 않는다면 아직 때가 다가오지 않았다고 위로하면 되는 것이다. 꽃마다 피는 시기가 다르듯 인생의 결승점에 도달하는 때도 사람마다 차이가 있기 때문이다.

누구에게나 그 때는 따로 있는 것이며 아직 때가 되지 않았을 뿐이다.

일본 에도 시대의 시인으로 유명한 료칸선사(1758~1831)가 남긴 하이쿠는 읽을 때마다 마음을 청량하게 한다. 보름달이 휘영청 밝은 밤 초막에 밤도둑이 들어 스님의 양식을 가져가고 빈 쌀독만 남았을 때, "도둑이 창가에 달만 남기고 갔네"라고 후기를 적었다. 도둑이 물건을 모두 가져갔지만 달은 가져가지 못했다는 뜻이다. 읽을수록 깊고 긴 여운이 있는 일화다.

자루엔 쌀 석 되
화롯가엔 땔나무 한 단
밤비 부슬부슬 내리는 초막에서
두 다리 한가로이 뻗고 있네

탈속의 경지가 잘 드러나 있어 좌우명으로 삼고 싶을 정도다. 나중에 초막을 가지게 되면 이 게송을 걸어 놓고 지낼 작정이다. 아무도 찾아주지 않더라도 이러한 처지만 된다면 더 이상 욕심부리지 않을 것 같다. 분수 넘치게 많이 가질 필요가 뭐 있겠는가. 쌀 석 되, 땔나무 한 단에도 발 뻗고 자는데…. 욕심은 버리는 것이라 했던가. 옛글은 이렇게 가슴 한쪽을 시원하게 해주는 맛이 있다.

봄이 오는 길목에서 이런 가르침을 배우면서 아주 신선한 한때를 보냈다. 이 글을 쓰고 있는 동안 잠잠하던 숲에서 새들이 맑은 목청으로 노래하고 있다. 날이 풀어지면 새들이 먼저 나들이를 하며 햇살을 즐긴다. 아무리 들어도 시끄럽지 않고 우리들 삶에 물기를 보태주는 가락이다.

매 순간이
삶의 절정이다

옛 어른들이 '꽃을 좋아하면 눈물이 많다'고 하더니 크게 틀린 말은 아니다. 꽃을 반기는 심성엔 여리고 고운 감성이 깃들어 있기에 그럴 것이다. 나도 근래엔 눈물이 흔해졌다. 햇살이 눈부셔도 가슴이 찡하고 멀리서 바람이 불어와도 감정이 울컥한다. 꽃을 좋아하는 탓인지, 나이 든 탓인지 알 수는 없다.

봄기운이 저만치 있다가 한 걸음씩 다가오고 있다. 방송마다 개화시기를 예상하며 남도의 춘심春心을 전한다. 기상 캐스터가 "작년보다 올해는 꽃이 일찍 피었다"라고 하는데 그건 어디까지나 우리들 기준일 테고, 봄꽃은 날짜를 헤아리지 않고 때가 되면 피는 것이다. 일찍 피거나 늦게 피는 게 아니라 오로지 제때에 필 뿐이다.

여기에서 삶의 순리를 익힌다. 누구에게나 자기만의 계절이 있다. 그러므로 꽃 피는 시절이 모두 다르다. 벚꽃이 터지는 봄날엔 구절초가 피지 않는다. 국화 만발한 날에는 개나리가 숨죽이고 있다. 이처럼 때를 만나는 것은 각각 시차가 있기 마련이다.

안도현 시인이 〈순서〉라는 시에서 "맨 처음 마당가에 매화가 혼자서 꽃을 피우더니, 마을회관 앞에서 산수유가 노란 기침을 해댄다. 그 다음에는 밭둑의 조팝나무가 튀밥처럼 하얀 꽃을 피우고"라고 했다. 이렇게 꽃나무도 나름의 순서에 따라 피고 진다. 복사꽃이 어느 날 후다닥 와서는 제 순서를 바꾸지는 않는다. 차례차례 피는 꽃이라서 더 조화로운 것이다.

우리 삶에서도 한꺼번에, 한날한시에 성공의 때를 만날 수 없을 것이다. 인생의 뜻이 이루어지는 시기가 조금씩 어긋나 있기 때문이다. 초년의 성공이 있으면, 중년의 성공도 있는 법. 획일적이고 일률적이지 않으므로 인생은 역동적이면서 무한하다. 따라서 상대방이 봄일 때 나는 겨울의 지점에 서있다고 위로하라. 누군가의 출세 소식을 들으면 그 사람은 자기 때를 만나 활짝 핀 것이라 여기면 된다. 내 능력과 기질을 발휘하는 시점과 기회는 아직 오지 않은 것이다.

심리학에 '평균의 자석'이란 용어가 있다. 평균에서 벗어난 사람들은 마치 자석에 끌리듯이 평균에 맞추려는 성향이 존재한다는 것이다. 즉, 남들과 비슷하게 생각하고 행동하고 생활하고픈 심리이다. 남의 기준에 맞추려고 하면 늘 비교해야 하므로 행복의 지점도 자꾸 멀어질 수 있다. 그러므로 그 평균이라는 것이 행복의 수치가 아니라는 것을 알아야 한다.

성철 스님은 평소에 '거꾸로 사는 것이 불교다'라고 강조하셨는데, 남들이 사는 방식을 따르지 말라는 가르침이다. 이웃의 수준에 맞추어 살아가는 일은 숨차고 벅차다. 결국에는 그 수준밖에 되지 않는다. 그래서 욕심이 많은 이웃을 만나면, 나는 그와 반대로 살아가는 일이 행복의 길이라는 것이다. 비교하는 삶을 버리고 절대적인 삶을 살라는 조언.

꽃이 세상을 아름답게 하는 건 그 때를 달리하여 피기 때문이다. 인생이 신비로운 것도 사람마다 지닌 개성과 재주의 쓰임새가 다른 까닭이다. 누구에게나 절정의 때는 따로 있다.

사는 일이 너무 바빠
봄이 간 후에야 봄이 온 줄 알았네
청춘도 이와 같아
꽃만 꽃이 아니고
나 또한 꽃이었음을
젊음이 지난 후에야 젊음인 줄 알았네

이채 작가가 쓴 〈유월에 꿈꾸는 사랑〉 가운데 옮겨 왔다. 인생의 절정은 봄처럼 지나가기도 했을 것이고, 여름처럼 다가오기도 할 것이다. 그러나 우리 인생에서 어찌 봄만이 절정이겠는가. 계절마다 축제를 벌이듯 모든 때가 내 삶의 하이라이트다. 분명한 건, 내일보다는 오늘이 더 젊고 건강하다는 것이다. 그러기에 매 순간이 삶의 절정이다.

고맙습니다
이미 충분합니다

아침마다 문을 활짝 열고 봄소식을 듣는다. 겨울의 긴 침묵에서 나무들이 하나둘 깨어나고 있다. 이제 기지개를 켜며 생명의 신비를 유감없이 드러낼 것이다. 나도 그날이 오면 그들이 풀어내는 연초록 물감에 동참하여 봄날의 찬가를 목 놓아 부르리라.

오늘은 따스한 봄날에 기대어 옛 선사가 남긴 법어를 읽었다.

중국의 어떤 스님이 도보 여행 중 하룻밤 묵을 곳을 찾다가 산 위에 오래된 절이 있다는 마을 사람들의 이야기를 들었다. 도착해보니 그곳은 당장이라도 무너져내릴 것 같은 폐가였다. 그렇지만 그곳에서 잠을 청하기로 결정하고 몸을 녹이기 위해 불을 피웠는데 불꽃 위로 나뭇잎이 춤을 추며 떨어졌다.

문득 위를 올려다보니 지붕에 구멍이 뚫려 있고 그 자리로 달빛이 자신을 비추고 있었다. 참으로 초라하고 비참했을 상황이었지만 '달빛까지 이곳과 나를 축복해주는구나. 이런 멋진 곳에서 하루를 묵을 수 있다니 이 얼마나 행복한 일인가!' 하며 기뻐했다. 눈물 날 것 같은 울적한 상황도 마음먹기에 따라서 그보다 더 웃음나는 상황으로 바뀌는 것이다.

일본의 선종 사찰에 '수소쾌활隨所快活'이라는 선어禪語가 적혀

있었다. 어떤 곳에 있더라도 주눅 들지 말고 긍정적인 기분을 유지하라는 뜻일 것이다. 그 상황에 끌려가지 말고 당당하게 이끌어 가는 주인이 되라는 '수처작주隨處作主'의 법문과 다르지 않다. 언제나 자신의 개성을 보여주는 것이 선禪의 지향점일 것이다.

어떤 변수와 돌발 상황이 생기더라도 사건의 본질을 잘 파악하면 고민과 갈등이 해소될 수 있다. 이런 점에서 명상 수행에서는 피해자의 의식에서 깨어나라고 주문한다. 즉, 마이너스를 플러스로 바꾸라는 것이다. 자신의 힘이 미치지 못하는 상황에 놓였을 때는 그냥 그 상황을 받아들이는 게 중요하다.

예를 들어 열차를 타고 목적지를 가는데 중간에 사고로 연착되었을 때 '왜 하필 오늘 이 열차를 타 가지고…' 하며 짜증낸들 무슨 소용이 있겠는가. 그 시간에 독서를 즐긴다면 마이너스에서 플러스로 전환되는 것이다. 내가 피해자라는 생각을 지니지 말자는 것이다. 피해자라는 생각이 현재의 불편한 상황에 대해 짜증내고 원망한다는 것이다. 어떠한 상황에 놓이더라도 주인이 되고 긍정적이어야 한다는 뜻이다.

대만의 어느 노교수가 "오해하면 결혼하고 이해하면 이혼한다"

는 말을 했는데 명언이 아닐 수 없다. 이 뜻을 곰곰이 따져보면 상대방을 적당히 알면 사랑하게 되지만, 속속들이 다 알면 헤어지기 쉽다는 것이다. '저 사람 잘생겼다', '말을 너무 잘한다', '말이 없어 과묵하다', '저 사람 매너 좋다' … 이런 식으로 오해해서 좋아했는데, 살아보니 '잘생겨서 누구나 탐을 내는구나', '말이 너무 많아 시끄럽다', '말이 너무 없어 답답하네', '누구에게나 친절하네' 하며 매력이 없어져 이혼을 생각하기도 한다는 것이다. 정작 본인의 눈높이나 편견은 바꾸지 않고 상대방에게 뭔가를 요구하고 기대하기 때문이다. 어쩌면 남 탓만 하는 습관이 권태나 피로를 만들지도 모른다.

이럴 땐 오히려 "고맙습니다, 이미 충분합니다"라고 하면 마음의 안식이 찾아올 수 있다. 내가 내 인생의 주인이 되어야지 상대방의 상황에 따라 끌려다니면 안 된다는 의미이기도 하다. 늘 부족하다 하니까 자꾸 모자라게 느끼는 거다. 충분하다고 생각할 때 행복이 성큼 가까워진다는 것을 명심해야 한다.

법당 뒤 화단 주변을 서성이다 들어왔는데 지난 이맘때 제주도에서 수선화를 여러 포기 옮겨와 심었기 때문이다. 올해는 자리를 잡아 청초한 신비를 보여줄 것 같아 매일 그곳으로 발걸음을 옮긴다. 며칠 안으로 수선화를 볼 수 있을 것 같아 설렌다.

우리 곁에 꽃이 피지 않는다면 생명의 기운을 느낄 수 없을 것이다. 이러하므로 봄이 왔다는 것은 곱고 향기로운 우주가 문을 연 것이나 다름없다. 따스한 봄기운을 깊이 받아들여라. 그렇지 않으면 모성母性의 샘물이 말라버릴지 모른다. 새순에 눈을 맞추고 새소리에 귀를 기울이는 것. 이것이야말로 그 어떤 활동보다 훨씬 절실한 삶의 보람으로 여겨져야 한다.

우리가 아무리 오래 산다 하여도 봄 풍경을 백 번 이상 되풀이하여 보기는 힘들다. 그러므로 올해 봄날이 더없이 귀하고 소중한 것이다. 감격하는 마음으로 가슴을 열고 봄 손님을 맞이하시라.

봄소식은
삶의 무게를 위로한다

요 며칠 봄 날씨처럼 따스해서 화단에 웅크리고 있는 낙엽을 정리했다. 겨울 내내 바람이 불어 구석구석 낙엽이 쌓여 있어 지날 때마다 심난했는데 깨끗해진 화단을 보니까 숙제 마친 것처럼 홀가분하다. 내일 바람이 불어 또 엉망이 될지라도 오늘 했던 작업은 잘한 일. 이 한 가지 일만으로도 오늘은 충분히 행복할 수 있기 때문이다.

낙엽을 치우면서 자세히 살펴보니 나무마다 꽃망울이 맺혀있어서 찬란한 봄날이 멀지 않았다는 걸 실감했다. 이미 양지바른 성모당聖母堂 화단에서는 수선화 몇 송이가 고개를 내밀었다. 주변 낙엽을 치워주고 나니 더 청초한 빛깔이다. 이번 봄 첫 개화라서 반가움에 한참을 들여다보았다. 매화보다 더 일찍 봄소식을 전하는 수선화. 그 꽃이 더없이 고마웠지만 아직은 밤 기온이 쌀쌀한 때라서 찬 이슬에 놀랄까봐 낙엽으로 다시 덮었다.

바야흐로 온 대지에 생명의 기운이 살아나고 있다. 만물이 약동하는 이런 때가 되면 방 안에 있는 시간보다 밖에서 보내는 시간이 많아진다. 햇살이 좋아서 마당을 서성거리고 있으면 그 기운이 온몸으로 들어오는 것 같다. 꽃과 나무에만 수액이 도는 것이 아니라 내 몸에도 맑은 샘물이 넘치는 기분이다.

> 먼 데서 바람이 바뀌어 분다
> 무언가 가까이 걸어 나온다
> 아, 봄 기척

박노해 시인의 글이다. 이렇게 봄소식이 저만치서 들려온다. 봄을 기다리는 마음은 신비로운 생명의 율동 때문이다. 이 율동은 생명을 잉태하고 키우는 거룩한 모성母性일 것이다. 이 모성이 받쳐주지 않으면 세상에는 희망도 없고 용서도 없다. 모든 어머니들이 모정을 반납하는 시대를 상상해보라. 그런 시절은 인정도 없고 사랑도 없을 것이다. 결국 모성이 이 세상을 구원하는 힘이다. 그러므로 이 대지는 영원한 우리들의 어머니 품. 세상 만물을 키우는 것은 따질 것도 없이 우주의 모성이라 할 수 있다. 그러니까 파릇파릇 돋아나는 새싹이 없다면 이 땅은 암울하고 불편할 것이다.

예로부터 문인들은 봄이 오기 전에 대춘부待春賦를 썼다. 봄을

기다리는 노래를 부르면서 삶에 대한 희망과 기대를 걸었다. 원로 작가 권우용이 쓴 〈대춘부〉에 이런 표현이 있다.

우수도 지나고
경칩도 지났으니
봄은 지금쯤
남해 어느 섬에서 쉬며
가쁜 숨 몰아쉬고 있을 것이다

이렇게 봄소식은 남도에서 시작하여 아장아장 북상할 것이다. 이래서 봄맞이는 설레는 기다림이고 따스한 희망이다.

조선 선비 사회에서 탐매도探梅圖가 크게 유행했다. 아직 춘설도 녹지 않았을 때 매화를 찾아 길을 떠나는 것은 봄과 빨리 마주하고 싶은 심리였을 것이다. 조선시대 심사정沈師正(1707~1769)의 그림에는 나귀를 타고 다리를 건너려는 선비와 그를 따르는 시동侍童이 주인공이다. 주위는 온통 삭막한 겨울 풍경이다. 계절은 아직 겨울임에도 꽃구경 하겠다는 일념으로 먼 길을 걸어온 것이다.

아직 날씨도 풀리지 않은 추운 때에 왜 그 고생을 하나 싶겠지만 선비들은 추위와 고난을 이겨낸 매화의 품성을 배우고 싶었기 때문이다. 단순한 풍류와 아취가 아니라 선비 사회의 기상과 정신을 읽을 수 있는 그림이다.

세월이 지났어도 봄소식은 삶의 무게에 지친 많은 이들에게는 위로와 응원이 되고 있다. 우리가 봄을 기다리는 심성에는 꽃과 같은 아름다운 마음이 있기 때문이다. 천지간에 화사한 꽃이 피면 세상은 별천지의 무릉도원이 되는데 그 풍경과 마주하는 이들의 표정은 다정하고 온화하다. 그러니까 봄이 되면 단단하던 우리의 마음도 얼음이 녹듯 스르르 열리는 것이다.

기적은
신의 영역이 아니다

저 남쪽 구례와 광양에서는 매화축제가 시작되었다는데, 우리 고장은 아직 꽃망울만 부풀어있다. 하루에도 수십 번 매화나무 근처를 서성이며 꽃피기를 기다린다. 열 그루 정도의 매화나무 가운데 어느 쪽 매화가 먼저 꽃을 피울지 궁금하기도 하고, 지난해 옮겨 심은 홍매는 꽃을 얼마나 소담하게 피울지 기다려진다.

어느 선비는 매화가 피기 100일 전부터 날짜를 헤아리면서 기다렸다는 기록도 있다. 매화는 문인들이 즐기는 꽃이고, 벚꽃은 무인들이 즐기는 꽃. 일본의 경우 11세기 이후부터 벚꽃을 즐기는 부류가 증가하게 되는데 이것은 문인 중심에서 무인 중심의 시대로 옮겨갔다는 증표이기도 하다.

어느 해 범어사 화엄전 앞을 거닐고 있었는데 담 너머로 매화꽃 만발한 풍경이 눈에 들어왔다. 슬쩍 문을 열고 들어갔더니 방 주인은 보이지 않고 좁은 뜨락에는 여러 그루의 매화나무로 가득 차 있었다. 주인과 대면하지 못했으나 청매 심어 놓은 그 뜻을 헤아려보니 마치 가까이 있는 것처럼 느껴졌다. 매화를 이토록 아끼는 분이라면 인품을 살피지 않더라도 존경하고 싶었다. 나도 한때 작은 거처가 생기면 뒷산에다 매화 동산을 만들어 봄 축제를 즐기리라 마음먹었는데 아직까지 실행에 옮기지 못하고 있다.

이맘때가 되면 법회 때마다 '봄날의 행복'을 역설한다. 우리 생애에 다가온 봄날의 감격과 축복을 받아들이지 않으면 결코 행복을 알 수 없기 때문이다. 돈 벌고 출세하고 권력과 명예를 누리는 것이 행복의 완성일까? 중요한 것은 삶의 가치관이다. 누구에게는 중요하지만 누구에게는 쓸모없는 것이 있듯이 삶의 방식을 바꾸어보면 가치의 기준은 달라지기 마련이다.

봄이 와서 꽃이 피는 게 아니라 꽃이 피기 때문에 봄이라는 표현이 있다. 이 말을 바꿔보면 '행복해서 즐거운 것이 아니라 즐거워서 행복한 것이다'라고 할 수 있다. 따라서 행복은 정해진 것이 아니고 스스로 가꾸어가는 것이라는 결론이다. 이런 봄날에 소소한 기쁨을 발견하지 못하면 지금의 행복을 스스로 외면하는 인생일 것이다.

그러므로 매일매일 삶의 기적을 실천해야 한다. 나에게 주어진 하루하루를 신비로운 일상으로 맞이해야 행복은 가슴 가득 충만하게 된다. 어찌 보면 우리 삶은 기적의 연속일지 모른다. 다시 말해, 우리 주변에서 일어나는 모든 일이 사실은 기적이다. 그렇지만 매 순간을 환희로운 떨림으로 살 것인지, 무료하게 살 것인지는 결국 그 사람의 몫이다. 그러니까 매사에 감격하고 감동받을 줄 알아야 기적을 만드는 사람이라 할 수 있다. 기적은 신의 영역이 아니라 나 자신의 선택에 달려있다. 이러므로 찬란한 봄날을 아무런 감흥 없이 지나치는 인생이 되어서는 안 될 것이다.

어느 기도문에 실려 있는 내용을 소개하고 싶다.

걸을 수만 있다면 더 큰 복을 바라지 않겠습니다.
누군가는 지금 그렇게 기도합니다.
들을 수만 있다면 더 큰 복을 바라지 않겠습니다.
누군가는 지금 그렇게 기도합니다.
볼 수만 있다면 더 큰 복을 바라지 않겠습니다.
누군가는 지금 그렇게 기도합니다.
조금 더 살 수 있다면 더 큰 복을 바라지 않겠습니다.
누군가는 지금 그렇게 기도합니다.
놀랍게도 누군가의 간절한 소원을
나는 다 이루었습니다.

남들이 원하는 기적이

내게는 날마다 일어나고 있습니다.

이것이 우리에게 일어나는 매일매일의 기적이다. 아침에 눈을 떠 아직 살아있다면 우리는 기적의 주인공이다. 이러한 기적을 모르는 사람은 봄날의 행복을 누릴 수 없는 사람이다. 이런 봄날에 화나고 짜증스럽고 이해되지 않는 사건이 생겼을 때 이렇게 말해보라.

"봄아, 참 반갑다. 너는 나를 만나기 위해 일 년을 준비했구나!"

이 말 한마디에 어두운 마음도 스르르 풀어질 것이다. 일 년을 준비하여 우리 곁에 다가온 봄날의 선물을 외면하거나 거부하지 말고 박수로 환영하라.

생각해보니
팔십구세까지가 틀렸더라

며칠 사이 여러 곳에서 부고訃告를 들었다. 저 멀리 조계산과 가야산에서 평생 수행하셨던 분들의 부음이 연이어 전해졌다. 송광사의 노스님과 해인사의 어른스님까지 기상이 넘칠 때 모시고 살았던 스승 같은 분들이다. 후배에겐 사표가 될 만한 인자한 수행자였다.

그리고 또 한 사람, 법장 스님이다. 전남 화순 산골에 시적암을 창건하여 시를 짓고, 농사짓고, 미소 짓던 선배이다. 시적암을 상량할 때 누수 없는 단단한 지붕을 만들라는 뜻에서 기와불사에 동참만 했을 뿐 한 번도 가보지 못했다. 생전에 발걸음하지 못했던 거기를 장례 마친 뒤에 동료스님들과 방문했다. 앞을 봐도 산이며, 뒤를 봐도 산이며, 옆을 봐도 산이었던 그 암자에서 사람들을 많이 그리워했을 것이다. 유난히 정이 많았던 수행자라서 손님 드나드는 것을 귀찮게 여기지 않는 성품이었다. 어쩌다 하룻밤 지내고 방문객이 떠날 즈음엔 못내 아쉬워하는 표정을 감추지 못했다는 사람….

암자의 주인은 떠났지만 그가 가꾸던 채마밭과 된장독이 그 자리를 지키고 있었다. 앞뜰에 막 피기 시작한 청매가 우리에게

'왜 이제야 왔는가?' 하고 되묻는 것 같다. 전화나 서신이 올 때마다 한번 방문하겠노라 말해놓고 떠난 지금에야 그곳을 찾아간 셈이다. 나와 같이 말빚을 지고 살았던 스님들이 그날 그 암자에 모여 고인을 추억하며 그의 삶을 추모했다.

사람이 잘산다는 것은 무엇일까. 따져 보면 크게 어려운 일도 아니다. 살아있을 때 친교의 시간을 자주 만들어 정을 더하고 음식을 나누는 일일 것이다. 삶의 여정에서 약속을 여러 번 해놓고 지키지 못한 일들이 얼마나 많은지 새삼 돌아봐진다. 그래서 그리운 사람은 일부러 보아야 하고, 보고 싶은 사람은 즉시 안부라도 전해야 후회하지 않는다. 자칫 머뭇거리다가는 늦어지고 시기를 놓친다.

일본의 저명한 불교학자 스즈끼 다이세츠(鈴木大拙, 1870~1966) 박사에게 강의를 듣던 어느 청중이 물었다.

"사람이 사는 것이 무엇입니까?"

"사람이 사는 것은 죽는 것입니다."

인간의 삶은 죽음과 동일한 선상에 놓여있는 존재라는 것이다. 삶이란 생生에서 사死에 이르는 역사이다. 멀리 떨어져 있는 다른 상황이 아니란 뜻이다. 이렇게 며칠 동안 문상 다니면서 새삼 죽음의 문제를 떠올려보았다. 지금 숨 쉬고 있으므로 살아있는 것이고 눈 감으면 아득한 작별이다. 결국 흐르는 시간 속에 살고 있고, 그 시간 속에 우리는 사라져갈 것이다. 살아있다는 것은 흐름 속에 동참하고 있다는 뜻이다. 다시 말해, 시간의 연속성 위에 우리 인생은 존재하는 것이다.

《금강경》에 "과거심불가득過去心不可得 현재심불가득現在心不可得 미래심불가득未來心不可得"이라는 법문이 있다. 시점이라는 것은 고정되어 있지 않으므로 규정할 수 없고, 다만 존재하는 지금만 있다는 설명이다. 그래서 우리 삶은 매일매일 다른 날이다. 어제 만나고 오늘 또 만났다 하더라도 "처음 뵙겠습니다!"라고 인사해야 한다. 늘 같은 시간이 아니듯 오늘의 이 사람이 어제의 그 사람이 아니기 때문에 언제나 처음 뵙는 인연이기 때문이다. 강물이 어제의 그 강물이던가? 그렇다면 사람 또한 늘 새로운 만남 속에 놓여있다. 이러므로 무엇이든 언제나 애틋하고 절실한 만남이 아닐 수 없다.

굴곡의 정치 인생을 보여주었던 김종필 전 총리가 생전에 자찬

묘비명을 남겼다. 그중에 "연구십이지年九十而知, 팔십구비八十九非"라는 표현이 마음에 든다. 다양한 뜻이 함축된 문장이겠지만 "나이 구십에 생각해보니, 팔십구세까지가 틀렸더라"는 의미로 받아들이고 싶다. 황혼기에 인생을 돌아보면 잘한 일보다는 실수한 일이 더 많이 떠오를 게다. 인생행로에서 완벽한 선택과 옳은 결정이라는 것은 없다. 어제의 결정이 오늘은 불행일 수 있고, 오늘의 선택이 내일은 행복이 될 수 있는 게 세상일이다. 그러므로 눈 감는 순간까지 배우고, 고치고, 도전하며 사는 거다.

법장 스님의 문상을 마치고 돌아오는 길에 순천 선암사 매화 향기를 감상하고 왔다. 600년 나이의 고매古梅에서 전해지는 암향은 나그네의 발길을 한참이나 머물게 하였다. 고인故人 덕분에 예정에 없던 눈 호강을 한 셈이다. 그는 봄소식을 전하며 떠났고, 나는 봄소식을 맞이하며 살고 있다.

매화가 피어야
진정한 봄의 서막이다

작년에 이리저리 수소문하여 귀한 품종의 매화나무를 옮겨 심었다. 홍천조紅千鳥라는 이름을 지닌 붉은 매화인데 그 색감이 뛰어나서 애호가들로부터 무척 사랑받는 품종이다. 아직 꽃을 직접 보지 못해서 올봄에는 유독 기다려진다. 새 식구를 들여 놓고 다음해에 꽃피기를 기다리는 심정은 설렘 자체이다. 메마른 나뭇가지에 어떤 자태의 꽃이 필까 자못 궁금하다.

원나라 때 정윤단鄭允端은 "가지 하나에만 꽃 피어도 흐드러진 복사꽃과 비교될 수 없다"며 매화를 예찬했다. 그 아무리 화려한 꽃이 많아도 매화 한 송이만 못하다는 말이다. 매화 한 그루만 있으면 다른 나무는 그 앞에서 기를 펴지 못한다니 매화 칭송이 아주 지극하다. 이런 지사志士들 때문에 매화와 소나무는 늘 일등 순위를 다투는지 모른다.

매화보다 더 일찍 봄소식을 전하는 꽃들이 여럿이지만 매화가 피어야 진정한 봄의 서막이다. 한겨울 추위를 이겨낸 매화는 인고와 기골의 상징이기도 하지만 사군자의 봄꽃이라 달리 보았던 것 같다. 이러한 매화의 강인한 기상이 우리 일상 저변에도 필요하다.

김용준이 쓴 《근원수필》에 보면 "아는 사람 집에 매화 피었다는 소식 들으면 '빙판에 코 박아가며' 서둘러 즐긴다"는 표현이 있다. 빙판에 넘어지면서까지 매화 구경 가는 열의가 있어야 매사에 적극적인 태도라 말할 수 있으리라. 서울의 지인은 창덕궁 홍매가 눈을 뜨면, 필 때부터 질 때까지 매일 그곳을 오가며 으슥한 시각까지 암향을 즐긴다고 들었다.

역사 속에서 매화를 유독 좋아했던 인물은 퇴계退溪 이황李滉 (1501~1570) 선생이 독보적이라 그 일화가 무궁무진하다. 이 분은 매화를 얼마나 좋아했던지 자신을 '매화를 아는 사람(眞知梅者)'이라 했단다. 퇴계 선생이 매화에 관한 시를 두툼하게 남겼는데 그 가운데 "내 전생에는 밝은 달이었지, 몇 생이나 닦아야 매화될까" 하는 구절이 보인다. 그만큼 달과 매화를 동경했던 삶이었다.

유홍준 선생이 극찬한 순천 선암사는 탐매기행의 일번지라 말해도 손색없다. 선암사 자체가 거대한 수목원처럼 형성되어 있는데 이 가운데 매화가 잘 보존되어 있어서 봄이 되면 매화 성지가 될 정도다. 수령 150년이 넘는 노옹老翁 매화들이 그곳에 다 있어서 봄이 되면 경내 곳곳에 암향이 가득하다. 그런데 때를 맞추기란 쉽지 않다. 지금까지 여러 번 기행을 했으나 아직 피지 않았거나, 이미 꽃이 지고 반쯤 남았거나 하였다. 이번 봄에 또 발걸음을 해볼 생각이다.

그리고 사찰 매화 가운데 가장 이른 시기에 피는 매화는 통도사 '자장매慈藏梅'다. 얼음이 채 풀리지 않은 2월 중순에 진분홍의 꽃이 피는데 그야말로 추위 속에서도 그 신비를 드러낸다. 작년에는 시간을 내어 통도사 자장매를 감상하고 왔다.

화엄사 '각황매覺皇梅'는 색채에서 가장 인상적인 매화로 손꼽는 명품이다. 이 고매古梅는 붉다 못해 검붉어서 '화엄사 흑매黑梅'로 통하는데, 조선 숙종 때 계파선사桂波禪師가 각황전을 중건하며 그 기념으로 심었다고 하니까 수령이 300년에 이른다. 이 매화는 강렬한 선홍빛으로 사람의 시선을 단박에 사로잡아 한 번 보고나면 그 매력에 감탄을 멈출 수 없게 된다.

여기에 백양사의 '고불매古佛梅'는 암향의 깊이를 으뜸으로 꼽는 나무. 이른 봄에 연분홍 매화꽃이 장관을 연출하는데 마침 그 앞의 전각이 '우화루雨花樓'라서 꽃비 내리는 풍경을 유감없이 보여준다. 여기서는 은은한 매화 향기에 취해 멀미날 수도 있으니 조심하시라.

14세기의 스승, 태고보우太古普愚(1301~1382)국사가 남긴 법문은 읽고 또 읽어도 그 맛이 다르다.

    섣달 눈이 하늘에 가득 내리는데
    추위에도 매화가 활짝 피었네
    흰 눈송이 조각조각 흩날리니
    눈인지 매화인지 분간하기 어렵네

눈과 매화가 섞여서 흩날리는 그런 풍경이 펼쳐지면 정말 혼자 감상하기 아까운 절경이 아닐 수 없을 것이다. 봄날이 속절없이 다 지나가기 전에 가까운 산사로 탐매순례를 다녀와야겠다.

이것이
봄날의 명제다

이번 봄에는 벚꽃 구경을 원 없이 했다. 교토의 봄 풍경과 마주하면서 눈 호강을 제대로 하고 돌아왔다. 교토의 벚꽃을 감상하기 위해 지난해 봄에도 청수사 부근을 찾아갔으나 분분한 낙화만 보았다. 그런데 이번에는 개화 시기를 절묘하게 맞추어 어느 곳이든 벚꽃 만발이더라.

어느 절이든 벚꽃이 화사하게 피어서 그야말로 화사花寺가 아닐 수 없었다. 꽃 아래를 거닐면서 봄날의 찬가를 불렀다. 내 생애 특별하고 황홀한 봄날을 맞이하는 최고의 순간이었다. 이미 교토의 벚꽃 명소는 몇 번 다녀왔지만 그 절정의 순간을 늘 놓쳤는데 이번 봄은 꽃이 활짝 피어서 전혀 새로운 기분이었다.

더군다나 일본 정원의 교과서로 알려진 천룡사의 봄을 보며 더욱 설레었다. 경내 곳곳에 자리 잡은 고목 벚나무는 자신의 물감을 마음껏 풀어놓고 있었다. 늘어진 가지마다 탐스런 꽃을 달고 있는 수양 벚나무의 매력은 이곳에서 그 진가를 발휘했다. 그 벚꽃을 꼭 마주하고 싶었는데 이번에야 인연이 닿아 여러 번의 발품이 아깝지 않았다. 내 시선은 온통 꽃에 집중되어 있어서 어느 때보다 발걸음이 가볍고 상쾌했다.

세월이 갈수록 고결해지는 것은 고목과 노승老僧이라는 말이 있다. 그만큼 명품이 되려면 오랜 세월과 높은 수행이 필요하다는 뜻이다. 역사와 가치는 하루아침에 만들어지지 않는다. 세월과 정성이 받쳐주어야 비로소 독보적인 존재가 될 수 있는 것이다. 오래된 매화나무 한 그루만 있어도 그 집 정원의 품격이 달라진다. 이는 세월의 이름표를 달고 있기 때문이다.

건물은 역사 속에서 침묵하지만 정원은 생동감 있는 언어와 색깔로 표현하므로 매번 봐도 물리지 않다. 이것이 정원을 가꾸어야 할 이유이기도 하다. 삶이 지치고 힘들 때 사람보다 꽃과 나무에게서 위로받는 경우가 더 많은 시대다. 일본을 다녀올 때마다 아무것도 부럽지 않은데 사찰마다 특색 있는 정원을 가꾸는 그 문화가 부럽다.

一開花 일개화

春天下 춘천하

나라(奈良)의 동대사東大寺에서 읽은 법어. 한번 꽃피기 시작하면 천하에 봄소식이다. 여기저기에서 개화 릴레이가 시작된다. 그러니까 하나의 꽃에 천지의 봄이 함축되어 있는 셈이다. 꽃이 때를 만나면 그 신비를 마음껏 드러내듯이 인생사人生事 역시 이와 같아야 한다. 준비하고 기다린 사람만이 때를 만나면 능력과 기량을 남김없이 풀어낼 수 있는 것이다.

오래전에 〈라스트 사무라이〉라는 영화를 본 적이 있다. 그 영화의 백미는 바람에 벚꽃이 날리는 장면이다. 주인공 사무라이가 화려한 벚꽃에 취해 시 한 수를 짓다가 마지막 구절을 완성하지 못하고 전쟁에 나가게 된다. 싸움터에서 장렬히 전사하게 되는데 달리던 말에서 떨어지는 그 순간 그의 눈에 들어온 것은 벚꽃 한 그루였다. 화면 전체가 눈부신 벚꽃으로 가득한 스틸 사진으로 연출된다. 이때 그가 남긴 최후의 한마디는 "완벽하군!"이었다. 떠오르지 않던 마지막 시구절이 죽음의 문턱에서 완성된 것이다.

이 영화를 보면서 완벽한 생의 마무리는 어떤 것일까? 하는 질문을 던져보았다. 그것은 미련 없이 지는 꽃처럼 떠나는 일이 아닐까 싶다. 이러하므로 삶의 여정에 집중하다가 이별의 시점이 오면 집착 없이 정리할 수 있다면 아주 좋을 것이다. 이런 생각으로

"나에게 주어진 그 한때를 열심히 살 뿐, 다른 목적은 없다"는 말을 자주 한다. 잘 산다는 것은 거창한 목표를 이루기보다는 그때그때 의미를 부여하는 일이다. 달리 말해, 집착하기보다는 집중하는 삶이 더 중요하다는 의미다.

이번 벚꽃 탐사에서 배운 것은 '아름다워서 슬프다'는 역설이었다. 아름다운데 왜 슬플까…. 그것은 아름다운 그 한때가 영원하지 못하기 때문이다. 모든 것이 일기일회一期一會. 우리는 찬란한 그 한때를 지금 살고 있다. 이 사실을 잊지 않아야 봄날의 기쁨이 인생찬가로 확대될 수 있다.

어느 봄날에 도종환 선생이 이렇게 말했다.

"빨리 피고, 늦게 피는 게 중요한 것이 아니라 얼마나 잘 피었다가 지느냐가 중요하다."

이 말뜻은 얼마나 행복하게 살다가 죽느냐 하는 질문과 맞닿아 있다. 이 봄날에 행복해야 할 의무를 외면해서는 안 된다. 왜냐하면 우리 모두는 개화의 순간을 맞이하고 있는 꽃이기 때문이다.

모든 것은
본래 자리가 있다

봄이 오면 괜히 몸과 마음이 바빠진다. 이곳저곳 정리하며 청소할 일이 유독 많아서이다. 남도의 꽃소식을 들으면서 한 달 내내 도량 가꾸는 일에 전념했다. 여기저기 낙엽더미라도 웅크리고 있다면 봄 기운이 그다지 상쾌하지 못하다. 이러한 나의 성격 탓에 봄날이 되면 밖에서 서성이는 시간이 길어진다. 찬란한 날에 주변이 지저분하다면 '봄 손님'을 마중하는 채비가 아니다.

날씨가 풀어지길 기다렸다가 먼저 법당 뒤를 정리했다. 행사 물품이나 공사 자재들을 잔뜩 쌓아두어서 볼 때마다 눈에 거슬렸다. 엄두가 나질 않아 몇 년 동안 생각만 하던 과제였는데 끝내고 나니 더없이 흐뭇하다. 지금은 법당 뒤쪽이 깔끔하게 정리되어 맑은 공간이 되었다. 이제 의자 하나만 놓으면 좋은 명상 자리가 될 듯하다. 아침마다 저절로 발걸음이 그곳으로 향한다. 나는 사찰을 방문할 때마다 버릇처럼 법당 뒤를 살펴보게 된다. 그곳의 주인 성품을 한눈에 알아볼 수 있기 때문이다.

그리고 은행나무 주위를 일신했다. 절 경계와 이웃한 지점에 수령 150년이 넘은 은행나무가 있어서 가을이 되면 멋진 풍경을 연출한다. 하지만 수년째 관리를 하지 않아 수형은 엉망이 되었고 풀과 잡목이 무성하여 그 근처를 갈 수 없었다. 어지럽게 늘어진 가지들을 정리하고 나니 인물이 달라졌다. 이왕 일을 하는 김에 은행나무 아래 방치되어 있던 창고를 철거했다. 몇 날 며칠을 두고서 마무리하였는데 지인들의 신세를 많이 졌다.

버리고 치우는 이야기를 하다보면 할 말이 참 많다. 작년 가을에 인접한 주택을 매입한 뒤 우리에게 맞게 사용하려고 필요 없는 물건들을 모두 내다버렸다. 여러 사람이 대들어서 치우고 나니까 공간이 넓어지고 질서가 잡혔다.

뭐든 있을 자리에 있어야 한다는 게 오랜 나의 철학이다. 설령 다시 사용할 물건이라 할지라도 본래 자리에 두는 게 질서이다. 그렇지 않고 또 사용할 물건이라며 쟁여놓으면 뒤죽박죽 엉망이 되기 쉽다. 이러한 생각이라서 작업을 마치고 나면 따라다니며 연장들을 치우게 된다.

매입한 건물 아래층을 손질하여 교육관으로 만들었다. 그 과정에서 나무들도 옮겼다. 유독 박태기나무를 옛 주인이 많이 심었는데 나무가 커지면서 밀도密度가 높아 서로 성장을 방해하고 있어서 몇 그루를 손봐주었다. 넝쿨에 감겨 잘 자라지도 못하던 명자나무도 손질해주었더니 올봄에는 자신의 신비를 활짝 드러내었다.

여기 와서 절을 짓고 꽃과 나무를 키우면서 살아 온 세월이 오래지만 엄밀히 따지면 정리 정돈하는 시간이었다. 그 세월 동안 옮기고 치우며 제자리에 놓는 일을 거듭했다. 가끔 농담으로 '전생에 많이 어지럽히고 살았던 과보로 이번 생에는 이렇게 치우고 산다'고 말한다.

신경림 시인이 "나이 들어 눈 어두우니 별이 보인다. 눈 밝아 보이지 않던 별이 보인다"는 문장을 남겼다. 눈 어두울 나이가 되어야 비로소 자연의 풍경이 눈에 들어오더라는 심경이리라. 젊을 때는 하늘의 별이나 구름과 마주할 시간 없이 분주하게 보낸다. 그러다 나이 들면 어느 날 꽃과 바람이 친근하게 느껴지기 시작한다. 일전에 천안 산골에서 수행하는 친구스님이 이곳을 다녀가면서 팥꽃을 선물하고 갔다. 앙증스런 보라색의 이놈이 내 눈길을 자꾸 유혹한다. 이번에 새로 들인 우리 식구라서 기록으로 남긴다.

누군가에게
위로가 되는 사람인가

전라도 어느 암자를 방문했을 때 그곳 마당에는 민들레와 질경이가 번져서 잔디 역할을 하고 있었다. 그 풍경이 더 자연스럽고 운치있다고들 했다. 그 자리에서는 선뜻 동의하지 않았지만 돌아오면서 '그럴 수도 있겠구나' 하고 명상하는 계기가 되었다. 풀 한 포기 없이 잘 정돈된 마당이 반드시 정답일 수 없다. 어떤 사람은 잘 정돈된 공간을 보면 인간적인 여유가 없어 보인다고 한다. 또 강요된 질서는 숨 막히는 답답함이 있다는 분도 있다. 어디까지나 사람들마다 가치 기준이 다를 뿐이다.

사람들마다 안목과 취미는 다를 수밖에 없는데 그동안 나는 지나치게 내 성미에 맞추어 잣대를 둔 것 같다. 그 일을 경험하고 내 손길도 좀 느슨해졌다. 잡풀이 좀 있는 마당이 더 인간적일 수 있다는 생각으로 풀이 듬성듬성한 그 상황도 용납이 된다.

아무도 없는 별에서는

그대도 나도 살 수 없다

어느 시인의 말이다. 화단에는 풀도 있어야 하고 꽃도 있어야 한다. 이 세상이 풀 한 포기 살 수 없는 황량한 곳이라면 무섭지 않은가. 그러므로 꽃과 풀은 공존해야 한다. 풀 뽑는 일이 힘들다고 풀이 자라지 않은 세상을 만들면 꽃 또한 생존할 수 없을지도 모른다.

사람이 무섭고 성가시다고 아무도 없는 별에서 산다면 참 무료하고 쓸쓸할 것이다. 어쩌면 마음에 들지 않는 사람과 동행하는 것이어서 세상 사는 묘미가 더 있을 것이다. 나를 괴롭히는 사람, 나를 질시하고 비난하는 사람, 나에게서 이익을 취하려는 사람, 이런 사람들로부터 벗어나고 싶을 때가 있다. 아무도 없는 곳에 가서 살고 싶을 때도 있다. 그러나 이들이 없는 곳에선 나도 살 수 없다. 왜냐하면 다른 사람이 살 수 없으면 나도 살아갈 수 없을뿐더러 인적이 차단된 그러한 곳은 없기 때문이다.

이처럼 세상살이는 이런 사람 저런 사람이 섞여 살아가는 복잡한 도형이다. 다양한 나무가 모여 숲을 이루듯 다양한 사람들이 모여 세상을 이룬다. 그렇기 때문에 험한 세상일지라도 사람이 위로가 되어야 하고 사람이 희망이 되어야 한다는 지론이다. 다만, 좋은 사람 싫은 사람은 내가 만든 허상일 뿐이고 그냥 사람이 있을 뿐임을 깨달아야 한다.

14세기 일본의 선승 잇큐(一休, 1394~1481)선사는 사람들로부터 존경받았던 인물이다. 그가 입적할 즈음 제자들은 걱정이 많았다. 앞으로 수행은 어떻게 해야 하고, 어떻게 살아야 하는지 걱정이 앞섰기 때문이다. 하지만 선사는 한 통의 편지를 남기며 어려운 일을 당했을 때 열어보라 하였다. 세월이 흘러 사찰에 큰 문제가 생겼고, 제자들은 스승의 편지를 공개하기로 했다. 편지에는 이렇게 쓰여있었다.

"걱정하지 마라, 어떻게든 되니까!"

이 말씀은 그 어떤 가르침보다 값진 위로이며 충고다. 걱정해서 될 일이면 종일 걱정하면 해결될 것이다. 그러나 겪어야 할 일은 밤새 걱정해도 겪어야 하고, 비껴갈 일은 걱정 안 해도 비껴간다. 그러니까 걱정을 사서 하지 말고 분별하는 내 마음을 들여다봐야 한다.

'가시나무가 없는 길을 찾지도 않았고, 슬픔이 사라지라고 요

구하지도 않았다'는 시인 사무엘 울만(Samuel Ullman)의 기도처럼 특별한 욕심 내지 않고 평범하게 살아도 인생은 냉혹할 때가 많다. 사랑하는 사람과 이별하기도 하고, 사업에 실패하기도 하고, 큰 병에 걸리기도 하고, 사고를 당하기도 한다. 그렇지만 이럴 때 단 한 사람의 응원이라도 있으면 그에게는 용기와 힘이 된다. 나는, 누군가에게 힘이 되고 위로가 되는 사람인가? 오늘, 이 질문만 덩그러니 남는다.

어제는 틀리고
오늘은 맞다

며칠 궁리 끝에 정원 돌 하나를 다른 위치로 옮겼다. 처음 놓았을 때는 그 자리가 무척 마음에 들었는데 시간이 지나면서 제자리가 아닌 것 같아서 이번에 바꾸어 놓은 것이다. 변덕이 심해서 그렇다 할지 모르지만 사람의 소견은 그때그때 다른 것이라서 과거의 일이 마음에 들지 않을 때가 더러 있다. 그때는 중요했지만 지금은 의미 없는 일도 있지 않은가. 이런 시행착오 때문에 그동안 정원의 돌과 나무들이 여러 차례 옮겨 다녔다.

마당의 삼층 석탑도 몇 번의 이운 과정을 거쳐 현재의 위치에 자리 잡았다. 경남 양산의 골동품 매장에서 실어 올 당시에는 오층 높이였고 법당 중앙을 기준으로 하여 세웠다. 그러다가 올 봄에 장비를 대여하여 새로운 자리로 옮기면서 탑 높이도 삼층으로 바꾸었다. 처음에는 그 자리가 옳았으나 나중에 보니 틀린 계산이었다. 삼층으로 줄이고 나니 탑의 비례미가 살아나 오히려 안정감이 있어 보여 마음에 든다. 예전에는 그곳이 알맞은 자리였으나 오늘은 이곳이 더 적합하다.

이렇게 사람의 생각은 어제 다르고 오늘 다르다. 인생의 여정에서 어제 한 일이 오늘 틀릴 수 있고 오늘 한 일이 오히려 맞을 수 있다. 애당초 자신의 결정 절반은 틀릴 수 있다는 가정假定이 필요하다. 그러니까 늘 정답일 수 없다는 뜻. 그러므로 자기 관점이나 주장이 정확하다고 고집할 일이 아니다. 〈지금은 틀리고 그때는 맞다〉라는 영화 제목이 있는데 무척 마음에 드는 표현이다.

인생의 어느 시점에서 돌아보면 과거의 그 결정이 맞고 지금의 결정이 틀릴 때가 있기 때문이다. 또한 지금의 결정이 맞고 과거의 결정이 틀린 수도 있을 것이다. 따라서 자신의 판단에도 오류가 발생할 수 있다는 의미다. 어찌 보면 인생은 틀리고 고치면서 능력이 향상되고 성장하는 것일 테다. 그 과정이 인생의 경험과 기술로 축적되었다면 착오와 실수는 손해라고 할 수 없다.

일전에 해남 대흥사를 방문했다가 추사秋史(1786~1856) 선생의 일화를 들었다. 추사 선생이 제주로 유배 가면서 대흥사에 들렀다가 이광사李匡師(1705~1777)의 글씨를 보고 형편없는 현판이라 악평을 한 뒤 즉석에서 자신의 휘호로 '대웅보전'이라 써서 바꾸어 걸게 했다고 한다. 그 후 세월이 흘러 유배를 마치고 상경하던 추사가 대흥사로 발걸음했을 때 자신의 현판을 내리고 이광사의 글씨를 다시 걸도록 했다. 그때서야 천하 명필을 알아보지 못했던 자신의 교만을 반성했던 것이다. 이 일을 계기로 추사 선생은 일생동안 자신의 작품을 세 차례 수거해 불태웠다는 기록이 있다.

어떤 누구라도 항상 완벽한 판단을 할 수 있는 게 아니다. 살다보면 심사숙고 끝에 한 결정이 틀리거나, 잘못되는 경우가 허다하다. 또 순간의 결정이 운명을 바꾸어 놓기도 하지만 그 결정이 오히려 악수惡手가 되기도 한다. 그리고는 시간이 지난 뒤 '내가 그때 왜 그랬을까?' 후회하기도 한다.

'인지편향認知偏向'이란 말이 있다. 심리학자들이 실험을 해보니 사람들은 자신이 처한 상황에 대해 비논리적으로 추론해서 잘못된 판단을 내리는 경우가 반복적으로 나타난다는 것이다. 우리는 흔히 어떤 결정을 내릴 때 합리적이고 이성적으로 판단을 해서 옳은 결정을 내리는 것이라고 생각하지만 실제로 마음의 결정은 다른 방식으로 이뤄지고 있다는 말이다. 어쩌면 오래 고민해서 이게 맞다고 생각했던 답은 그저 '그때 내 마음에 들었던 것'이고, 우리는 그것을 '옳은 것'이라고 착각하지 않았을까. 단순하게 생각하는 것이 실은 본질 파악의 비결일지도 모르겠다.

추사 선생도 그때는 완벽하다고 생각했으나 지금은 틀렸으므로 바로잡은 것이다. 거듭 말하자면 어제의 정답이 오늘은 아닐 수 있다. 또한 오늘은 틀렸지만 내일은 그것이 맞을 수 있는 게 삶이다. 누구나 잘못하고 실수할 수 있다. 중요한 것은 그 사실은 인정하고 다시 고쳐 쓰는 일이다. 괜한 고집을 피우면서 자신의 안목과 기준만 옳다 한다면 그 사람은 발전 가능성이 희박하다.

며칠 전 가깝게 지냈던 분이 찾아와 지난 일에 대해 사과했다. 나는 흔쾌히 손을 잡았고 마음을 풀었다. 자신의 생각이 어제까지 옳았다 여겼는데 오늘은 바뀌었다고 말했다. '어제는 틀리고 오늘은 맞다' 또는 '어제는 맞았고 오늘은 틀리다' 하는 명제는 아무리 생각해봐도 고금을 관통하는 인생철학이다.

봄은 느리게 오고
아주 바쁘게 간다

어느 시인이 '제비꽃을 알아도 봄은 오고, 제비꽃을 몰라도 봄은 간다'더니 그새 봄꽃들의 축제가 끝났다. 올봄엔 유난히 꽃들이 붉고 화사하여 한동안 꽃 대궐에 앉아 있는 기분이었다. 여기저기 꽃들이 만발한 풍경은 그야말로 무릉도원이더라.

이렇게 눈부신 봄꽃들의 잔치에 동참하여도 봄날은 지나갔고, 봄꽃에게 눈길을 주지 않았어도 봄날은 속절없이 무너졌다. 한동안 꽃 소식에 정신이 팔려 들뜬 마음으로 분주히 지냈던 것 같다. 이제는 차분하게 본래 자리로 돌아올 때다. 옛사람의 심사처럼 봄은 느리게 오고, 아주 바쁘게 간다. 마치 청춘처럼 지나가는 봄.

어디 봄날에만 꽃이 있으랴. 형형색색의 봄꽃들이 지고나면 초하初夏를 알리는 나무들이 그 신비를 드러낸다. 이때는 청초한 흰색들이 매력을 다툰다. 아카시나무를 비롯하여 불두화, 산사나무, 이팝나무, 산딸나무, 찔레꽃 등이 이어달리기 하듯 피고지기를 반복한다.

숲과 가까이 하며 살다보니 오월을 왜 '계절의 여왕'이라 칭송했는지 알만하다. 오월의 산하는 참 아름답다. 아직 영글지 않은 신록이 부드럽기도 하거니와 수목들도 물이 올라 싱그럽고 활기

차다. 피천득 시인은 오월을 일러 '이십 대 청년이 막 세수하고 나온 얼굴 같다'고 표현했다. 이처럼 오월의 숲은 젊은 청년의 얼굴처럼 맑고 순수하다.

이러하므로 오월을 맞이하는 일상이 어느 때보다 경쾌하고 가볍다. 화분에 물주는 일도 즐겁고 연못에 물 흐르는 소리도 정겹다. 오월은 마구잡이로 달려드는 날벌레가 많이 없어서 일하기에도 딱 좋다. 열두 달 가운데 오월만큼 좋은 계절이 없다는 것을 새삼 깨닫고 있다.

아침 나절에 풀을 매고 들어왔다. 쇠뜨기가 키 재듯 자라있어서 호미를 들었는데 덤벼보니 보이는 것보다 훨씬 촘촘하게 번졌다. 꽃나무 사이사이에 자라는 녀석들은 뽑아내기도 참 성가시다. 뽑은 풀도 모아놓으면 태산이라더니 금세 한 망태기가 된다. 화단 밖으로 내보내야 하니 몇 번을 더 오고가야 하는 작업이다. 이러니 정갈한 공간을 유지한다는 것은 때때로 머리 무거운 일이기도 하다.

예불시간이 가까워져서 그만두고 일어났다. 예전 같으면 밥 때가 될 때까지 정신없이 일을 했는데 체력의 한계를 넘어서면 몸에

무리가 온다는 사실을 알았다. 벌써 무릎 건강이 좋지 않아 쭈그리고 앉아서 하는 일은 몸을 아껴가며 하고 있다.

오늘 못하면 내일 하면 되는 일. 한꺼번에 다 해치우려고 하던 성미가 많이 무뎌진 셈이다. 매일 조금씩 나누어 하는 게 능률이 더 좋을 때가 있다. 영화 〈리틀 포레스트〉에 이런 대사가 나온다.

"게으른 눈이 일을 하는 게 아니고, 부지런한 손이 한다."

눈으로 보면 언제 다하겠나 하며 엄두가 나지 않는 일도 손을 부지런히 움직이면 어느 때에 끝이 난다. 눈짐작으로 지레 겁부터 먹고 뒤로 물러앉지 말라는 것이다. 손길이 수차례 가서 잘 정돈된 화단을 바라보고 있으면 한참이나 흐뭇하다. 이런 기분 때문에 풀매는 일에 게으름을 피울 수가 없다.

속리산 큰절에 모임이 있어 들렀더니 원주실院主室 입구에 조그마한 화단을 만들고 여러 가지 꽃을 심어 놓아 발걸음을 멈추게 했다. 모란꽃이 진 자리에 놓인 제라늄 화분이 오월의 산사를 더 환하게 연출해주었다. 맑은 향기와 더불어 조촐한 기운이 넘쳐나는 것 같았다.

그는 물소리만 듣고
자랐다
그래, 귀가 맑다

그는 구름만 보고
자랐다
그래, 눈이 선하다

그는 잎새와 꽃을 이웃으로 하고
자랐다
그래, 손이 곱다

　황금찬 시인의 〈산골사람〉 중 첫머리 부분이다. 물소리와 구름
과 꽃을 이웃하며 지내는 일은 귀가 맑아지고, 눈이 선해지고, 손
이 고와지는 비결이다. 꽃은 이런 것이다. 창백한 얼굴에 생기를
돌게 하며 밋밋한 일상에 이야기 하나가 생기는 것이다. 그러므로
생명이 곁에 있다는 것은 소소한 위안이 아닐 수 없다.

이번 주부터 군락으로 심어놓은 병꽃이 피기 시작했다. 어느
해 병꽃의 이름을 알고 자주색 그 꽃잎에 반해 수소문하여 내 거
처에 심었는데 이제는 제몫을 해주고 있다. 장미도 한두 송이 얼
굴을 내밀었다. 꽃봉오리를 보고 있으면 나도 모르게 마음이 설렌
다. 그게 생명의 신비이며 경이인가보다. 최근에 사람 사이 마음
상한 일이 있어 감정이 편치 못했는데 꽃을 보며 위로 삼는다. 꽃
과 나무는 이런 존재다.

여름
·
나는 지금 풀과 씨름하고 있다

여름 내내 호미 끝이 무디어질 정도로 일을 했다.
그런 과정 속에서 승복 바지에는 여기저기
풀물이 들고 손톱도 거칠어졌다.

마음으로
행복을 그려보라

우리는 자신의 처지나 상황에 대하여 원망하거나 불만을 가지는
경우가 종종 생긴다. 사람은 누구나 태어나는 환경이나 조건이 다
르며, 설령 한날한시에 태어난 쌍둥이일지라도 삶의 과정은 다를
수밖에 없다. 그렇기 때문에 현재 자신의 가문이나 부모는 우연이
아니라 과거의 어떤 원인에 의한 결과라는 것을 인정할 때 그 의
문이나 불만이 해소될 수 있다.

간절히 원하는 일이 이루어지지 않았을 때 그 원인을 자기 안
에서 찾으려고 하지 않고 밖에서 찾으려 한다. 다른 사람 탓을 하
고, 환경을 탓하고, 운이 나쁘다고 탓하고, 그래도 안 되면 팔자
탓을 할 때도 있다. 시험에 떨어진 것은 내가 충분히 공부하지 않
았기 때문이지 운이 없었기 때문이 아니다. 만약에 남편과 이혼
을 했다면 두 사람의 마음과 뜻이 맞지 않았기 때문이지 사주팔
자 탓이 아니다. 이렇듯 문제의 답은 내 안에 있다.

관상은 타고나는 것이지만 인상은 만들어지는 경우가 많다. 어
떤 사람은 평범하게 생긴 얼굴인데 볼수록 아름답다는 생각이 들
고, 어떤 사람은 예쁘게 생겼는데도 미운 마음이 들 수 있다. 흔히
인상이 좋다고 말할 때, 그건 얼굴과 표정을 통해 드러나는 그 사

람의 심상이 좋다는 의미다. 마음에서 향기가 날 때 얼굴도 아름다워지고 보는 사람의 마음까지 밝게 해준다.

그러니까 내가 내 마음의 주인이 되어야 하며, 내 인생의 주인공이 되어야 한다. 다른 사람과 비교하며 열등감을 느끼고 시기질투를 하고, 자신의 처지에 대하여 불만을 가지면 스스로를 고통스러운 감옥에 가두는 결과를 가져온다. 스스로를 고통스럽게 만들 필요는 없다. 본질적인 실상에서는 아름다운 것도 추한 것도 없으며, 행복과 불행의 자리도 정해져있지 않다. 모든 것은 고정된 실체가 있는 것이 아니다. '고정된 나'라고 할 것이 없기 때문에 어떠한 나도 만들어갈 수 있다. 그렇다면 행복한 나로 만들 것인지, 불행한 나로 만들 것인지는 스스로 선택해야 한다. 행복도 내가 만들고, 불행도 내가 만든다. 알고 보면 누가 만들어주는 것이 아니라 모두 내가 만드는 것이다. 돈이 많아야 행복하다면 부자들은 불행한 사람이 없어야 옳다. 그렇지만 엄청난 재산가도 우울증에 시달리거나 자살을 택하는 사람도 있지 않은가. 이를 보더라도 행복과 불행은 스스로 만드는 것이라는 사실이 분명하다.

내가 먼저 행복하기를 마음먹으면 행복해지는 것인데, 밖에서

구하다 보면 구걸하는 인생이 되고 해결도 되지 않는다. 내 안에 행복의 조건이 있는데 자꾸 밖을 찾아 헤매는 것이 거지 근성이 아니고 무엇이겠는가. 그러니까 행복과 불행은 내가 결정하는 것이라는 것을 명심하라.

일전에 방송에서 보니 요즘 대학생들의 관심은 성공과 물질적 만족에 맞추어져 있다는 것을 알 수 있었다. 마음공부나 진정한 행복에는 별 관심이 없다. 우리는 부와 소비를 지나치게 권장하는 사회에 살고 있다. 성공을 하거나 부자가 되면 행복이 꼬리표처럼 따라오리라는 착각 속에 살고 있는지도 모른다. 이러한 착각이 행복의 가치를 혼돈하게 만드는 원인이다. 당나라 때 '태상은자太上隱者'라는 시인이 있는데 이 분이 남긴 글이 유명하다.

우연히 소나무 아래에서
돌베개 높이 베고 잠이 들었다
산속이라 달력이 없어
추위가 끝나도 날짜 가는 줄 모르겠다

이 시절에는 이게 행복이었을 것이다. 그런데 지금은 스마트폰 하나면 세상을 다 알 수 있고, 자동차나 비행기가 발달해서 어디든 여행할 수 있는 시대다. 그렇다면 그 시대보다 지금이 더 행복하고 삶의 질이 높아야 할 것이다. 그러나 기술의 발전은 삶의 속도를 높일 뿐 행복지수에 미치는 영향은 아주 미미하다. 그것은 삶이라는 본질에 다다르지 못하기 때문이다. 스마트폰을 잠깐이라도 손에서 놓지 못하는 우리의 일상은 오히려 자유로운 일상을 구속하고 방해하는 것인지도 모를 일. 편리한 기술은 이렇게 도리어 우리를 속박하는 경우가 된다는 뜻이다.

진정한 행복은 일시적인 성취감으로 얻을 수 없다. 어떤 조건을 정해놓고 그 조건에 부합하면 행복하다고 생각하지만 오히려 이것이 우리를 속박하며 집착하게 만들기도 한다. 정말 행복해지려면 이러한 가치관을 바꾸어야 한다. 마음으로 행복을 그려보라. 그러면 행복이 저절로 따라올 것이다. 왜냐하면 그림자가 몸을 따라오는 것과 같기 때문이다.

삶이
가지런하다는 말은

일전에 교토를 훌쩍 다녀왔다. 교토의 풍경에 매료되어 이미 수차례 왕래하였지만 시간이 주어질 때마다 나는 그곳을 찾는다. 고찰의 정원에 앉아 있는 시간도 좋고, 미로처럼 이어진 골목에서 물건을 살펴보는 일도 즐겁다. 만약 내가 잠적을 하고 소식이 두절되면 교토에 있을 것이라는 농담을 하기도 한다. 그만큼 교토는 인상 깊다.

어느 여행자는 교토의 매력을 '굿믹스(good mix)'에 있다고 했는데 공감하지 않을 수 없다. 번화함과 한적함, 옛것과 현재, 도회지와 전원, 문명과 자연… 이런 것들이 황금비율로 어우러져 공존하고 있다. 한마디로 이 도시는 반짝거리는 새것보다는 약간 녹슨 듯한 세월의 흔적이 스며있는 곳이다.

지난해 봄에는 도지(東寺)의 벚꽃을 감상하기 위해 다녀왔고 가을에는 도후쿠지(東福寺)의 단풍을 확인하기 위해 또 발품을 팔았다. 잘 정돈된 사찰의 정원이 마음에 들어서다. 어느 절이든 돌 하나 나무 한 그루에도 치밀하게 계산된 공간 배치의 아름다움을 연출하고 있다. 흔히 일본 정원을 '절제의 미학'이라고 표현하는데 그 대표적인 사찰이 료안지(龍安寺). 이곳을 갈 때마다 석정石

庭이 잘 보이는 그곳 마루에 앉아 텅 빈 충만을 느끼고 온다.

교토의 사찰에서 배워야할 부분이 몇 가지 있다. 첫째는 정원 가꾸기. 그들은 정원에 무척 공력을 들인다. 사찰마다 다양한 수종으로 개성을 표현한 크고 작은 정원이 있는데 내 눈에는 그것이 마냥 부럽다. 아무 곳이나 불쑥 방문하더라도 정원이 나그네를 먼저 맞이해주는 구조다. 주인의 안목과 품격이 절마다 각기 다르지만 우열을 논할 수 없을 정도로 특색을 보여주고 있어서 발걸음이 아깝지 않다.

정원 디자이너로 잘 알려진 마스노 순묘(升野俊明) 스님은 일본 정원의 정신을 와비(侘), 사비(寂), 유현幽玄이라고 강조한다. 그러니까 간소한 공간이 주는 충만함, 한적함 속에서 느끼는 편안함, 깊고 그윽한 아름다움이라는 것이다. 이런 전통을 잘 계승하고 있는 사찰 정원이 교토에 즐비하다. 최근 우리 절 정원의 나무를 다른 곳으로 옮기거나 단순한 구조로 바꾸고 있다. 여백이 주는 고요와 아취를 표현하기 위해서는 절제와 균형이 필요하다는 것에 공감했기 때문이다.

둘째는 정갈한 경내 정리. 어느 절을 가더라도 티끌 하나 없이 잘 정돈돼 있어서 도저히 흠잡을 데가 없다. 아주 깨끗해서 오래 머물고 싶은 마음이 저절로 든다. 가히 일본인은 정돈의 일인자들이다. 사용한 물건은 반드시 제자리에 놓여 있고 이리저리 굴러다니지 않는다. 오전에 일을 하다가 미처 마치지 못하여 오후에 하게 되더라도 작업도구는 다시 제 위치. 우리의 성격이라면 오후에 또 할 것이니까 치우지 않고 그 자리에 둘지도 모르겠다.

사찰뿐만 아니라 골목 어디를 가보아도 정리 안 된 곳이 없다. 불쑥 동네 뒷골목이라도 산책해보라. 주차구역을 정확히 준수하여 소방도로가 확보되어 있기도 하지만 불법주차는 아예 없다. 또한 지저분한 곳을 발견할 수 없어서 거의 감탄 수준이다. 그야말로 안팎이 투명하다.

우리나라 사찰은 정돈하는 습관이 배어 있지 않아 대체로 어지럽다. 법당 앞은 어느 정도 정리되었다 하더라도 보이지 않는 구석을 가보면 물건들이 방치돼 있어서 높은 점수를 줄 수 없다. 일본 사찰과 견주면 명함조차 내밀 수 없다. 경내가 정갈하면 방문객들의 마음이 그만큼 평화로워진다는 인식이 필요하다. 건물만 보여주는 것이 아니라 그 사찰의 맑은 기운을 전하는 것도 상품이 될 수 있다는 뜻이기도 하다.

셋째는 눈에 거슬리는 구조물이 그다지 없다. 비록 창고倉庫일지라도 나무로 활용하여 전통의 분위기와 이질감이 없도록 배려하고 있으며 심지어 수도꼭지까지 나무로 감싸서 시선을 해치지 않는다. 우리의 천년고찰에서도 경관을 방해하는 조립식 건물을 지양하고 건설용 자재로 기둥을 세워 연등을 설치하는 일이나 현수막을 법당 전면에 게시하는 일 등은 신중히 고려해봐야 할 것이다.

무엇보다 교토 사찰에는 경내에 자동차가 보이지 않아 더욱 경건한 느낌이다. 방문객들의 동선動線에는 자동차가 보이지 않도록 세심하게 신경 쓰고 있다. 업무용이라 하더라도 물건을 내리고 나면 곧바로 경내 입구의 주차 장소로 이동한다. 어떤 절은 자동차를 본 기억이 없을 정도로 구조 배치를 잘한 것 같다.

절 마당에 자동차가 보이면 사진 구도에도 거슬리고 외국인들의 눈에도 좋은 그림은 아닐 것이다. 우리 절 마당도 차량을 통제하고 있는데 가끔 안내문을 무시하고 진입하는 자동차가 있다. 그런 날은 바퀴 자국을 없애기 위해 마당을 빗자루로 쓸어주는데,

이것을 보고 내 성격이 별스럽다고 하는 이들도 있다. 그렇지만 고요한 마당에 자동차 흔적이 있으면 그게 영 못마땅해서 그런 수고를 마다하지 않는다. 거듭 말하지만 사람들에게 보여지는 것은 건물뿐 아니라 그 주인의 철학과 정신도 함께 드러난다는 사실이다.

이런 이유로 일본 여행을 마치고 올 때면 도량 정리에 유독 시간을 보낸다. 이번에는 법당 뒤의 정돈기술을 배워왔다. 그들은 앞뜰이든 뒤뜰이든 고요하고 깔끔하며 무엇이든 제자리에 정리되어 있었다. 잡다한 물건이 쌓여있는 우리네 뒤뜰과 비교되었기 때문이다. 마음을 내어 묵혀 두었던 물건들을 치우고 옮기고 나니 숙원사업을 완수한 것처럼 뿌듯하다. 정리정돈이 완벽하다는 것은 삶의 질서가 가지런하다는 뜻도 된다. 이러한 점을 일상의 교훈으로 자주 승화시키고 싶다.

나무가 들려주는
삶의 진리

한국인이 가장 좋아하는 나무는 소나무, 은행나무, 참나무 순이라고 한다. 여기에 이 세 가지를 다 심어놓았다. 마당에 소나무 숲이 동산처럼 조성되어 있고, 성모당 뒤편에 아름드리 은행나무가 있으며, 요사채 주변은 온통 참나무 숲이다. 이런 나무의 은덕 속에서 조촐한 기쁨을 누리며 지내고 있다.

　지금은 그렇지 않지만 예전에는 나무집에서 태어나 나무 가구 곁에서 자라고, 나무 농기구로 일을 하다가 나무 관에 들어가는 일생이었다. 즉, 나무에서 태어나 나무에서 죽는 삶이었다. 그러므로 나무를 떠나서는 삶을 영위할 수 없었다.

　나무는 성소聖所이다. 나무와 이야기하고 그 말에 귀 기울일 줄 아는 사람은 진리를 배운다. 나무는 교의나 진리를 말하지 않고 개별적인 것을 넘어 삶의 진리를 들려준다.

　법정 스님의 말씀이다. 나무에 어찌 종교와 사상을 나열할 수 있겠는가. 그러므로 나무에는 국가도 없고 이념도 없다. 무궁화가 우리나라 꽃이라 배웠지만 이웃 나라에 가도 무궁화는 볼 수 있다. 국화를 일본왕실 문장紋章으로 사용된다 하여 우리가 눈길 주지 않는 게 아니듯 꽃과 나무에 국적은 없다.

일전에 충남의 어느 학교에서 금송과 왜향나무가 일제 잔재라 하여 베어내었다는 소식을 들었다. 한편으로 이해가 되는 일이긴 하지만 꼭 그래야만 했는가 하는 아쉬움은 남는다. 식민지 시대에 어떤 목적을 지니고 심었다 하더라도 그 나무에게 죄를 물을 수는 없다. 무슨 이름을 붙인 것은 결국 사람이기 때문이다.

서로 교류하고 지내는 목사님 가운데 연꽃을 유독 사랑하는 분이 계시다. 이분은 목회 은퇴를 하고 수만 평의 정원에 연지蓮池를 만들어 다양한 수종의 연꽃을 키우고 있다. 교회 성도들이 연꽃은 불교를 상징하는 수생식물인데 왜 키우느냐 물어볼 때가 많단다. 그때마다 꽃에 무슨 종교성이 있느냐고 반문한다 들었다.

사석에서 목사님이 나에게 "스님, 연꽃 피는 절이라는 안내판이 있어서 궁금하여 들어가 보았더니 연꽃이 보이지 않았어요. 연꽃이 없는데 절 이름을 왜 '연꽃 피는 절'이라 했을까요?" 하며 물어본 적이 있다. 어디서나 연꽃이라는 글자만 있어도 관심을 가지고 반응을 했던 것이다. 목사라서 연꽃을 키우지 말란 법은 없다. 또한 스님들도 여름에 피는 천사의 나팔꽃을 좋아하고 아끼는 이들이 많다. 그러므로 꽃과 나무에게 종교의 이름표를 달아 놓는 것은 무의미하다.

이곳 절을 건축할 즈음에 꿈을 꾸었는데 부처님이 출현하여 당부의 말을 남기셨다. 꿈을 깬 뒤에도 그 음성이 너무 생생하여 합장하며 예의를 갖추었다. 일종의 몽중유훈夢中遺訓이다.

꽃과 나무를 심어라
말빚을 지지 마라
연못을 메우지 마라

꿈에서 이 세 가지를 부탁하였다. 물론 꿈에서 만난 분은 부처님이 아닐지도 모른다. 그러나 어떤 인물인지 상관없이 우리 도량을 수호하는 신神이라 믿고 싶다. 그래서 이 유훈은 내가 없더라도 대대로 지켜질 원칙이 될 것이다. 나무를 만나는 것은 가장 저렴한 비용으로 가장 비싼 휴식을 얻는 일이라는 말이 있다. 숲을 이루려면 세월과 정성이 필요한데 가벼운 입장료를 내고 수목원이라도 가보라. 큰 나무 아래에 서있으면 감히 돈으로 환산할 수 없는 치유의 시간을 경험할 수 있다.

내가 꽃을 심고 나무를 가꾸는 것도 휴식과 치유의 공간을 조성하기 위해서다. 미래불교의 지향점은 '치유'가 되어야 한다는 오래된 소신 때문이다. 치료는 병을 낫게 해야 하는 것이지만 치유는 쉬는 것만으로도 가능하다. 이런 치유의 장소를 만들기 위해 실험하며 도전해보고 있는 것이다. 힌두사상을 집대성한 샹카라는 '하얀색만으로는 보다 더 하얀색을 만들 수 없다'는 이론으로 불교를 힌두교 속으로 용해시킨 인물로 유명하다. 이 말은 단순히 장점만 부각하기보다는 그 장점에 다른 가치를 혼합해야 대중성이 확장된다는 의미로 수용과 변화가 필요하단 뜻이다.

우리 것만 고집해서는 다른 색을 연출할 수 없다. 최근 사찰에 카페를 오픈하여 커피와 음료를 즐기도록 한 것도 수용과 변화를 고민하던 내 나름의 실험이기도 하다. 전통의 색만을 고집하지 않고 다른 색을 섞어본 사례다.

달빛을 매번 마주하니
가난하지 않다

외출했다가 돌아오니 마당 가득 달빛이 환하다. 외등도 지쳐서 졸고 있는 이 시각에 저 달빛이 반겨주지 않았다면 고독의 그림자에 움찔할 뻔했다. 어두운 밤에 집으로 왔을 때 나를 기다려주는 이가 있다면 감격스럽다. 저 달빛이 텅 빈 절을 지키고 있었구나 생각하니 고맙기 그지없다.

그저께가 보름이었으니 아직 달빛이 생생하다. 가끔 달무리가 지기도 하는데 그때는 참 신비롭다. 어쩌다 구름이 남아있는 날엔 달빛과 어우러져 환상적인 밤을 연출한다. 아마 사시사철 달빛이 없었다면 내 생애의 밤들이 어디선가 울고 있었을 것이다. 이런 밤엔 달빛이 방 안 깊숙이 들어오게끔 창을 열어두어야 한다.

작은 것이 높이 떠서 만물을 다 비추니
밤중의 광명이 너만이 또 있느냐
보고도 말 아니하니 내 벗인가 하노라

고산孤山 윤선도尹善道(1587~1671)의 〈오우가五友歌〉에서 달을 찬탄한 대목이다. 진정한 벗은 허물을 들추거나 약점을 소문내지 않는 법. 그러므로 인간들은 달빛에게 위로받는 날이 더 많다.

아주 오래된 사연 하나. 이십 대 젊은 시절 내 마음을 들뜨게 했던 여인이 있었다. 보고 싶은 그리움이 얼마나 사무쳤던지 뜬눈으로 밤을 뒤척이던 때가 많았다. 그 암자 뒤란에는 대숲이 있었는데 바람이라도 살살 불어 댓잎을 흔들고 지나가면 그리움이 더 깊어지곤 했다. 창호로 달빛이 스며들면 내 고독과 번민들이 고스란히 노출되는 기분이었다. 빈 방에 우두커니 앉아 슬픔에 젖어 있는 수행자의 여린 이면裏面을 달빛에게도 보이기 싫었는데, 그 시절의 달빛은 왜 그리 무정하게 차가웠는지…. 아무리 꽁꽁 숨겨도 달빛에게 들키고 말았던 아픈 기억이 있어서 한동안 둥근 달을 외면했던 때가 있었다.

지금은 그때처럼 달빛이 차고 쓸쓸하지 않아서 친교를 나누는 벗이 되었다. 달이 남산 위로 떠오르면 마당을 서성이다가 달빛 향기를 담아 방으로 돌아온다. 산승탐월색山僧貪月色이라 했던가. 출가한 사람이 무엇을 탐하는 일은 속될 수 있지만 달빛을 사모하는 일은 인간적인 여백으로 봐줄 수 있으리라. 달빛이 고우면 귀신도 눈물을 흘린다 했다. 은은한 달빛 아래에서 벗이 생각

나 소식을 전했더니 그도 또한 달빛에 취해 있더라는 옛글이 있다. 달빛을 감상하며 떠올릴 수 있는 오랜 정인情人이 있다면 그야말로 금상첨화.

오대산 상원사에 갔더니 객실 현판이 곤몽객당困夢客堂이라 눈여겨보았다. 피곤한 나그네가 여기서 단꿈을 꾸며 쉬어가란 뜻. 손님방 이름으로 손색없는 것 같아서 참 반가웠다. 달은 기울고 찬 이슬이 내릴 즈음에 어디선가 잠을 청해야 하는데 주인이 거절하지 않고 방을 내주면 그보다 고마운 일이 어디 있겠는가. 하룻밤 묵어야 할 때 나그네는 대문 앞에서 안절부절못하기 마련이라 절집이나 종가宗家에서는 따로 객실을 마련해두고 있는 것이다.

이번에 손님채로 내려가는 계단 초입에 문을 만들면서 이름을 무엇으로 할까 고민하다가 월하문月下門으로 정했다. 달이 지고 나면 들어오는 문이니까 손님을 맞이하는 이름으로는 적격이다. 이 이름을 달게 된 연유는 강릉 선교장船橋莊을 다녀온 뒤부터다. 이 고택에는 활래정活來亭이라는 건물이 유명한데 예전엔 손님 숙소로 쓰였던 공간이다. 이곳 건물 입구에 월하문이 있고, 좌우 기둥에 주련이 붙어있다.

새는 연못가 나무에서 잠들고

스님은 달 아래에서 문을 두드린다

鳥宿池邊樹 僧敲月下門

　예전엔 스님들이 주로 과객이었으니 나그네를 상징한다. 당대唐
代의 천재 문장가 가도賈島(779~843)의 시구절에서 인용한 것이다.
이곳에서 배운 바가 있어서 절을 설계할 때 손님이 머물 방은 무
척 신경 써서 만들었고 이번 기회에 작은 문까지 낙성하여 '월하
문'이라는 편액을 달았다. 집으로 찾아온 손님을 잘 대접하는 것
은 복을 짓는 첩경이라 소홀히 할 수 없었다.

　'아침에 소나무를 사랑하면 발걸음이 느리고, 저녁에 보름달을
아끼면 창 닫기가 더디다'는 말이 있다. 예부터 청풍명월은 돈으
로 매길 수 없는 가치를 지녔다고 했다. 이런 무가보無價寶의 달빛
을 매번 마주하고 있으니 나는 가난하지도 않고 적적하지도 않다.

돌의 무게로
균형을 잡아라

발걸음을 옮길 때마다 달콤한 향기가 말을 걸어온다. '꽃의 언어는 향기'라는데 아마도 향기가 없다면 사람들은 눈길을 주지 않을지도 모른다. 며칠째 치자꽃이 나에게 말을 건넨다. 치자나무에 꽃이 필 무렵이면 꿀과 설탕을 발라 둔 것처럼 신비로운 향기가 바람결에 날린다. 기분을 상쾌하게 만드는 진한 달콤함이다. 우윳빛의 순결한 자태가 수행자마냥 고고하여서 이즈음이면 기다려지는 친구다.

치자나무는 추위에 약해서 땅에 심지 못하고 큰 화분으로 관리하고 있다. 겨울에는 실내에 두었다가 날씨가 풀어지면 따스한 곳으로 옮겨주기를 몇 년째다. 오늘 아침에는 이 녀석에게 '꽃을 보여주어서 고맙다' 하며 물을 흠뻑 주었다.

오전 일과는 목말라하는 화분들이 없는지 둘러보는 일부터다. 바쁜 일정 때문에 하루나 이틀 그냥 넘어가면 시들시들하거나 성질 급한 놈은 말라버리기까지 한다. 버베나 꽃은 물을 좋아해서 아침저녁으로 주어야 싱그럽고, 제라늄은 물을 싫어해서 자주 주면 뿌리가 썩을 수 있어 관리요령도 제각각이다.

근래에는 상추밭에도 물을 주어야 하니 일이 두 배로 늘었다.

어떤 날은 이 일을 마치고 나면 오전이 몰록 지나기도 한다. 그렇지만 물먹은 화초들이 제 향기를 내뿜고 있으면 수고가 아깝지 않다. 꽃집에 들를 때마다 화분을 더 가져올까 하다가도 물주는 일이 성가시어 망설이다가 그냥 오는 때가 많다.

어제부터는 올봄에 심은 산딸나무에도 물을 대고 있다. 거의 한 달째 비 소식이 없다. 이 시기에 가뭄이 들면 농작물도 그렇지만 나무들도 잎이 타들어가기 쉽다. 이럴 때는 아직 뿌리를 내리지 못한 나무들은 주변을 넓게 파서 물을 주어야 한숨 돌릴 수 있다.

이렇게 한 달 정도 비 맛을 보지 못하면 꽃과 나무들은 환자처럼 푸석푸석하다. 생기 없는 얼굴이라 볼 때마다 안쓰럽다. 지난 가을에 심어 놓은 구절초도 물기 없이 고개를 숙이고 있어서 물을 떠다 주었다. 목마를 때는 한 바가지의 물이라도 생명수가 될 수 있다. 중국 고사古事에 물고기 한 마리가 물이 부족하여 퍼덕이면서 지나가는 나그네에게 물 한 사발 줄 것을 사정하자, 그 사람이 "내가 며칠 후면 장강長江에 도착하는데 그때 강물을 떠다 주겠소" 했다. 이 말을 듣고서 물고기가 "지금 당장 필요한 것은 물 한 사발이지 큰 강물이 아니오" 하며 한탄하였다고 한다. 그러므로 마른 화초에 물주는 일은 다음으로 미룰 일이 절대 아니다.

이삼일 안에 비가 없으면 또 다른 피해가 있을지 걱정이다. 메마른 땅을 충분히 적시는 것은 빗줄기다. 사람이 몇 날 며칠을 물 주는 일보다 비 한 번 내리는 것이 훨씬 효과적이다. 작은 일에는 사람의 힘이 미치지만 큰일에는 하늘의 힘이 필요한 법이다. 이럴 땐 새삼 물의 소중함을 알게 된다.

> 물을 낭비하지 말라
> 쏟지도 말라
> 물은 고귀한 것
> 물은 신성한 것
> 그대가 물을 쓰는 것을 보고
> 그대를 평가한다
> 물은 증인이며 물은 심판자이다
> 그대의 신망은
> 그대가 쓰는 물에 대한 관심에 달려 있다.

-자이나교 〈물의 경전〉

　이런 가뭄 속에서도 원추리 꽃이 피었고 벌개미취도 피었다. 메마른 대지에서도 꽃을 피우는 거룩한 생명의 힘을 배운다. 잎이 시든 채 꽃대를 올리기 위해 얼마나 힘들었을까. 꽃도 스스로의 삶을 개척하기 위해 이렇게 애쓰고 있다. 어떤 일이든 장애가 함께 있는 것이다. 변수 없는 인생길은 없다.

　아프리카 어느 부족은 강을 건널 때 등에다가 돌멩이를 짊어진다고 한다. 강의 중간쯤에는 수심이 깊어지고 물살이 강해 몸이 가벼우면 그냥 물에 빨려들어갈 위험이 있기 때문이다. 그러니까 돌의 무게로 균형을 잡으라는 것이다. 우리 앞에 전개되는 삶의 무게가 꼭 나쁜 것만은 아니다. 어찌 보면 일상의 난제들은 삶의 균형을 유지하게 하는 긍정적 역할도 하는 것이다.

　연일 무더위가 계속되지만 여름 꽃을 보며 하루하루를 위로받는다.

자비는
미소로 전해져야

일타日陀(1929~1999) 스님이 고속도로 휴게소에 들렀을 때의 일이다. 젊은 제자가 삶은 달걀이 무척 먹고 싶었다. 그런데 계율에 엄격했던 대율사大律師를 모시고 다니는 입장이라서 당당히 사먹을 수 없었다. 고심하던 제자가 묘안을 떠올리며 이렇게 여쭈었다.

"큰스님, 무정란은 생명이 아니죠?"

"응, 아니지…."

"그럼, 무정란은 먹어도 살생이 아니네요."

큰스님은 제자의 의중을 간파하고 잠시 후 이와 같이 말씀하셨다.

"이보게! 이 세상에는 청정한 음식이 얼마나 많은데, 너는 하필이면 똥구멍에서 나오는 음식을 먹으려고 하느냐? 수행자는 맑은 음식으로 생명을 유지하고 깨달음을 성취해야 한다."

젊은 제자는 그 이후 달걀에 대한 식탐이 사라졌다고 한다. 무슨 일이든 그 욕망의 근원과 사건의 본질을 파악하는 것이 중요한 해결책이 될 수 있다.

＊

일타 스님이 해인사 지족암에 계실 때 신도가 강아지를 한 마리 키우라고 데려온 적이 있었다. 젊은 제자는 강아지가 귀여워서 스님께 절 식구로 만들자고 간청을 드렸다.

"스님, 우리 암자에서도 강아지를 키우면 좋지 않을까요?"

"너는 출가할 때, 개밥이나 주고 개한테 사랑주면서 시간 보내려고 결심했는가? 수행자는 자신보다 더 수승하고 덕 높은 사람과 가까이 해야지, 동물과 친해져서 무엇 하려느냐."

근래에는 절에서 개를 키우는 일이 다반사가 되었지만 예전 스님들은 감히 상상할 수 없는 일이었다. 일타 스님의 가르침에서 절에서 개를 키우면 안 되는 이유가 잘 드러나 있다. 개밥 주는 일이 목적이 되면 안 된다. 개 키우는 일에 온종일 시간을 쏟는 수행자라면 귀담아 들어야 한다.

나의 스승은 바둑이나 장기 두는 일을 철저히 금했다. 어느 날 그 연유를 물었더니, 그 일에 빠지면 수행하는 일은 뒷전이 되기 때문이라 하셨다. 그 일을 업으로 삼는 이들은 모르겠으나 취미가 공부를 방해하는 수준이 되어서는 곤란하다. 수행자의 근본은 어디까지나 도업道業을 성취하는 데 있는 것, 더 이상의 취미는 잡기일 뿐이다.

*

지족암에 기도하러 오던 노보살님이 김치를 담가와 일타 스님께 공양 올릴 것이라 했다. 젊은 제자가 말리며 이렇게 말했다.

"노보살님! 큰스님은 마늘이나 파 들어간 마을 음식은 드시지 않습니다. 그냥 도로 가지고 가세요."

"무슨 말씀이세요! 큰스님이 제가 담근 김치를 얼마나 좋아하시는데요."

밖에서 옥신각신하는 광경을 보고 일타 스님이 문을 열고 한마디 하셨다.

"내 방으로 김치를 가져오너라. 그리고 노보살님께는 감사하다고 전해라."

공양 올린 그분이 내려가고 난 뒤에 일타 스님이 젊은 제자를 불러 이렇게 말씀하셨다.

"이 김치는 부목負木일을 하는 부부 집으로 내려 보내라. 나는 김치를 안 좋아한다. 그렇지만 그분의 면전에서 거절하면 그것은 자비심이 아닌 게야. 그 정성을 생각할 줄 아는 것도 수행자라 할 수 있단다."

큰스님의 법력은 권위가 아니라 자비심이라는 말이 있다. 일타 스님은 그야말로 '자비보살'이었고 친소를 떠나 남녀노소에게 평등하셨다. 경전 공부하는 학인學人들이 찾아와 법문을 청하거나 붓글씨를 요구해도 귀찮은 내색 없이 다 들어주셨다. 나도 스님을 쉬지 못하게 질문하며 괴롭혔던 죄인 중에 하나다.

중언부언할 것 없이 참다운 스승은 자비심이 넘쳐야 한다. 이러하므로 나는 자비심이 인색한 어른은 존경하고 싶지 않다. 불교를 달리 표현하면 자비이고, 그 자비는 미소로 전해져야 한다는 믿음 때문이다.

문제는 있어도
괴로울 일은 없다

이번에는 풀 이야기를 해야겠다.

여름이 시작되면서 벌써 풀을 몇 번이나 뽑았는지 모르겠다. 시간이 생기면 호미를 들고 밭일하듯이 김매기를 한다. 가뭄의 폭염에도 풀은 멈추지 않고 자란다. 이런 때는 새벽 시간에 제초작업을 해야 덜 덥다. 땀을 비 맞듯이 흘리며 풀 작업에 매진하여도 뽑아야 할 게 더 많다. 한여름 잡초는 참 독하고 질기다.

어제까지 사흘에 걸쳐 예초기 작업을 하였다. 이젠 예초기 다루는 기술이 손에 익어 전문가가 다 되었다. 그러나 사고의 위험이 있는지라 늘 조심하는데 이번에는 작은 돌 하나가 튀어서 무릎에 멍이 졌다. 안전하게 작업하려면 예초기 회전속도를 낮추어야 한다. 그리고 풀이 무성하게 자라기 전에 작업을 자주 해주는 게 좋다. 풀이 억세고 키가 높으면 칼날을 고속으로 회전할 수밖에 없기 때문이다. 그러면 그만큼 위험하다. 이번 여름에만 세 차례 예초 작업을 했는데 추석 전까지 두 번 정도 더 해야겠다.

법당과 공양간 뒤 경사면은 손으로는 도저히 풀을 잡을 수 없어서 기계 힘을 빌려야 하고, 그네를 매달아놓은 은행나무 근처는 잡풀이 많아서 수시로 작업해주어야 한다. 이번에 예초기를 꺼낸 김에 웃자란 마당 잔디까지 손질해주었더니 도랑이 한층 정갈해졌다. 유럽에서는 오랫동안 잔디를 깎지 않고 방치하면, 이웃이 민원을 내 벌금을 부과할 수 있다고 한다. 그러므로 정원을 관리하지 않고 방치하는 것은 유죄.

도랑 주변은 이렇게 기계로 한다지만 화단은 오롯이 사람 손이 필요하다. 구석진 곳마다 풀들이 릴레이하듯 자라므로 손길이 느슨해지면 며칠 만에 잡초 천지가 되기 때문에 풀 자라는 속도보다 부지런해야 풀을 잡을 수 있다. 지금까지 틈나는 대로 풀을 매고 관리했는데도 곳곳에 풀이 보인다.

다행히 구미에 사는 유민 어머니가 자주 도와주어 일이 많이 줄었다. 생애 처음으로 잡초 뽑는 일을 하며 유민 어머니는 왕성한 풀의 성질에 두 손 들고 싶다고 한다. 하긴 뽑고 뽑아도 끝이 없으니 그럴만도 하다.

올해는 괭이밥이 얼마나 번지는지 무서울 정도다. 이놈들이 꽃을 피워 씨가 번지면 내년에는 더 골치기 때문에 미리 잡아주어야 한다. 골치 아픈 순위를 꼽으려면 쇠뜨기가 1등이다. 이 녀석은 통째로 뽑지 않고 중간에 끊어져 잘라내면 더 깊게 뿌리를 내리는 특성이 있다. 그래서 마음 단단히 먹고 뿌리를 따라 흙을 파보면 그 길이가 보통 아니라서 완전 제거는 힘들다. 오죽했으면 '쇠뜨기 뿌리는 중국까지 뻗어 있다'는 농담이 생겼을까.

나는 쇠뜨기를 '칠보초七步草'라 부른다. 뽑고 돌아서서 일곱 걸음 걸으면 다시 자라는 풀이라는 의미다. 정말 지긋지긋한 풀이 아닐 수 없다. 쇠뜨기 다음으로 메꽃이 골치다. 메꽃은 여러해살이덩굴풀이라 나무를 감고 꽃을 피우는데 나팔꽃과 비슷하여 청초하긴 한데, 문제는 장악력이다. 꽃 구경하자고 그냥 두면 다른 꽃나무를 온통 휘감아 성장을 방해할 뿐만 아니라 그 뿌리가 옆으로 옆으로 번져서 결국 그 일대를 점령하게 된다. 이놈의 줄기는 난마亂麻처럼 얽혀있어서 성질 급한 사람은 뿌리 뽑다가 연장을 집어 던지고 만다. 이런 골치 아픈 풀들과 얼마나 씨름했는지 모른다.

✳

팔공산 동화사 영산전에는 씨름하는 벽화가 있다. 젊은 스님 두 명이 샅바를 붙잡고 있는 그림인데 큰 글씨로 '시념인時念人'이라고 적어 놓았다. 씨름의 옛 표현이다. 그런데 이 시념인의 뜻이

예사롭지 않다. '늘 생각을 놓지 않는 사람'이란 누굴까? 아마도 어떤 일과 씨름하는 사람일 것이다. 책과 씨름하는 사람, 일과 씨름하는 사람, 병마와 씨름하는 사람 등 그 일에 전념하는 태도를 말한다. 그렇다면 우리의 삶 자체가 어떤 대상과의 씨름이나 다름없다.

수행자라면 번뇌와의 씨름에서 한판승을 거둬야 하는데 나는 지금 풀과 씨름하고 있다. 아무래도 내가 판정패를 당할 확률이 높다. 한 평 정도면 내가 이길 수 있지만 넓은 도량에서는 도저히 승산이 없다. '사람은 풀을 이길 수 없다'는 명제는 화두가 되었다. 물론 부지런하면 어느 정도 풀을 잡을 수는 있지만 완벽하게 이길 수는 없다. 그러나 아무리 풀이 무성하여도 가을바람이 불면 그 세력이 약해진다. 그러니까 풀을 이기는 유일한 비법은 시간이고 계절이다.

문제가 잘 해결되지 않거나 복잡한 일이 풀리지 않을 때는 무작정 이기려고 아등바등하지 말고 시간에 맡기면 서서히 가닥이 잡히는 경우가 많다. 어떤 문제에 직면했을 때 최선을 다해 씨름을 하되, 실망하거나 좌절하며 괴로워하지 말라는 주문이다. 사람

이 풀을 완전히 잡지 못하듯 인생의 갈등과 문제 또한 완벽한 해결이란 있을 수 없다. 요컨대 관점을 바꾸면 문제가 있어도 괴로울 일이 없다.

이제부터 풀을 이기려고 하지 않을 생각이다. 이것을 문제로 보지 않고 지금의 상황으로 바라보려 한다. 이는 회피나 외면이 아니라 있는 그대로 바라보고 수용한다는 말이다. 문제는 해결해야 하지만 상황은 해결을 요구하지 않기 때문이다. 여름이니까 풀이 자란다…. 당연하게 받아들이면 문제는 없어진다. 갈등과 번뇌는 사라지고 있는 그대로 받아들이면 마음의 평화를 얻을 수 있다.

신과 함께
살아온 세월

조선 중기에 이름난 진묵대사震默大師(1563~1633)라는 분이 계셨다. 이분은 선교禪教에 뛰어났을 뿐 아니라 문장에도 조예가 깊었다. 그의 행적은 기이한 부분도 많아서 지금까지 전설 같은 일화들이 많다. 진묵대사의 누님은 신심이 그다지 돈독하지 못하고 성품이 거칠어서 종종 진묵대사를 난처하게 만들었다. 어느 날 스님을 찾아와서 자기에게 복을 달라고 간청했다.

진묵대사가 누님에게 "칠석 전날에 손님을 보낼 것이니 잘 대접하면 복을 받을 것입니다"라고 말했다. 이 말을 듣고 누님은 집 안 청소를 해놓고 손님 맞을 준비를 하였다. 그런데 기다리던 손님은 아직 오지 않았는데 난데없이 각설이 거지들이 방문한다. 자세히 보니 장님, 절름발이, 문둥이 등 볼품없는 일곱 명의 나그네들.

기분이 상한 누님은 그들에게 찬밥 한 덩어리를 물에 말아서 주고 헛간에다 자리를 내주었다. 그야말로 거지 취급을 한 셈이다. 다음날 기척이 없어 헛간에 가보니 각설이들은 흔적도 없었고 쪽지 하나가 남아있었다. 그 쪽지에 '천 평의 땅을 주려고 했더니 다섯 평 땅조차 지닐 수 없는 그릇이다'라고 적어놓았다. 그때서야 보통 손님이 아니구나 싶어 밖으로 뛰어나갔더니 일곱 명의 거지들이 단정한 옷을 입고 하늘로 올라가는 것이었다. 칠석을 앞두고 북두대성 칠원성군七元星君이 복을 주기 위해 손님으로 가장하여 집을 방문하였던 것을 누님이 몰라보았다.

지난 칠석법회에서 이 이야기를 주제 삼아 내 뜻을 전했다. 스스로 눈이 어두우면 설령 부처와 귀인이 눈앞에 나타난다 하더라도 알아채지 못한다. 여기에서 두 가지 교훈을 얻을 수 있다. 첫째는 매사에 친절해야 한다는 사실이다. 행색이나 모양으로 판단하지 말고 어떤 손님이든 친절하게 맞이해야 한다. 우리가 만나고 싶은 인물은 특정한 모습으로 찾아오지 않기 때문이다. 그렇지 않으면 신神이나 스승이 방문하더라도 알아보지 못할 수도 있다.

달라이 라마 존자가 "종교는 친절이다"라고 말했다. 그러므로 마주하는 사람들에게 친절하지 못하고 미소 짓지 못한다면 그 사람은 불교를 믿는 사람이 아니라 사도를 행하는 사람일 가능성이 높다. 따라서 불교의 생명은 따질 것도 없이 자비다. 무한 자비의 표현이 친절과 미소라고 말하고 싶다. 삶의 역사에서 친절해서 화를 당하는 일보다 불친절하고 퉁명스러워 일을 그르치는 경우가 허다하므로 명심해야 할 가르침이다.

두 번째는 자신의 복 그릇을 키워야 한다는 것이다. 그릇이 준비되지 않으면 집 안으로 만복이 쏟아지더라도 그것을 수용할 수 없다. 자신의 그릇 크기만큼 담을 수 있는 것이 복이며, 인격이다. 그렇다면 복과 인연을 받아들일 준비를 항상 해야 한다. 봉사와 보시, 염불, 참선, 참회, 사경 등 다양한 수행으로 자신의 마음그릇을 키워야 한다. 김기진 시인의 〈법문〉이라는 글이 좋아 밑줄을 긋고 읽었다.

다른 곳에 복福 빌지 마라
사람이
복전福田이다

바른 마음 가지고 살면
복은 절로 들어오며

그러니까 마음그릇 하나로 복을 만들기도 하고 복을 차기도 하는 것이다.

영화 〈신과 함께〉를 감상하면서, 우리는 과연 어떤 복을 지어야 죽음 후에 일곱 개의 문을 무사히 통과할 수 있을까 하는 물음이 내내 떠나지 않았다. 아들이 지닌 죄업의 무게를 가볍게 하기 위해 어머니가 희생하며 복을 빌어주는 스토리를 통해 가까이 존재하는 위대한 신神은 어머니라는 사실을 알았다. 그러니까 우리는 신과 함께 살아온 세월이었고, 앞으로 신과 함께 살아갈 것이다.

어머니의 숭고한 모성은 생명을 키우는 사랑이 아닐 수 없다. 이 세상을 구원하는 거룩한 힘은 사랑에 있고 사랑은 위대한 것이다. 나무 한 그루, 꽃 한 포기를 심어도 그 대상에 사랑을 부여하지 않으면 온전한 생명으로 자랄 수 없다.

이렇게 세상엔 사랑이 필요하다. 그 사랑에 간절한 마음이 앞서야 상대방을 구원할 수 있는 힘이 될 것이다. 여러분들은 사랑을 실천하며 어떤 복을 갈구하는가?

무릎이 용납될 정도의
소박한 공간

방금 밭일을 마치고 들어왔다.

고추, 오이, 가지, 토마토 등을 심은 텃밭에서 풀매기 작업을 했다. 옥수수도 실하게 자라고 있고, 호박 줄기도 세력이 뻗어 벌써 애호박을 몇 번이나 따 먹었다. 인도 라다크에 "땅이 푸른 동안은 이야기를 즐겨서는 안 된다"는 격언이 전한다. 그만큼 농사철에는 쉴 틈 없이 바쁘고 손길이 많이 필요할 시기라는 뜻.

땀을 씻고 시계를 들여다보니 아직 사시巳時 예불이 시작되기 전이다. 찻물을 끓이고 차 한잔 준비하면서 옛글이 생각나 메모해 놓은 일기를 뒤적여 본다.

밭농사 외에는 다른 일 없어
숲속 샘물을 떠다 먹는 한 노인
꾀꼬리 소리에 낮잠에서 깨어보니
소나기가 엷은 바람에 물러가고 있다

여름 한낮의 적요寂寥를 잘 묘사한 글이다. 이보다 더 여유로운 풍경이 또 있을까. 여기에 등장하는 노옹老翁은 아침 나절에 밭일하다가, 점심 먹고 샘에서 물을 길러 차 마신 후 빗방울이 돋을 때 잠깐 낮잠에 들었나보다. 꾀꼬리 소리에 잠에서 깨어보니 어느새 비는 저 산 너머로 물러가고 있더라는 이야기.

옛 사람들이 남긴 글을 마주하면 머리가 맑아지고 가슴이 서늘해진다. 읽을 때마다 복잡한 삶의 일상을 위로받는 기분이다. 누구나 '산중별곡'의 삶을 살 수는 없으나 진세塵世에 있더라도 정신과 마음은 맑았으면 좋겠다. 그럴 때 탐욕의 늪에서 스스로 자유로울 수 있다는 생각 때문이다.

나는 65세가 넘으면 은퇴하리라 지인들에게 공언했다. 옷을 바꾸어 입겠다는 뜻이 아니라 소임에서 물러나 자유롭게 지내고 싶다는 의미다. 어떤 직분을 지니고 있으면 그 책임과 의무로부터 가벼울 수 없으니 홀가분하게 여생을 보내고픈 소망이다. 이즈음에는 다른 이들의 시선이나 눈치를 살피지 않고 내 방식대로 살아볼 작정이다.

그리고 한 평의 공간일지라도 나만의 거처를 마련할 것이다. 많은 이들이 출입하는 공공公共의 장소가 아니라 개인의 영역이 방해받지 않는 곳에 집을 지었으면 한다. 법정 스님의 오두막 정도

는 아닐지라도 종일토록 사람의 발걸음이 뜸하길 원한다. 그런 도
량에서 아주 오랫동안 외로움과 벗하며 소일하려 한다. 사람과 대
면하기보다는 자연과 더 친밀하게 교우하고 싶다.

일전에 선배스님의 거처에 갔더니 암자 한쪽에 '정와靜窩'라는
편액을 걸어놓은 것이 인상 깊었다. 본디 고창 선운사 요사에 걸
려 있는 글귀로 명필 이광사가 즐겨 썼던 표현이다. '고요한 오두
막'이라는 뜻으로 자신의 거처를 겸손하게 부를 때 사용하는 말
이다. 나 역시 나만의 오두막이 생겼을 때 이광사의 편액을 탁본
해서 걸어두는 상상을 해본다.

또한 생활방식은 약간의 불편함을 즐기고픈 생각이다. 이를테
면 전기가 끊겨도 아궁이나 우물 등 생활이 가능한 방식 같은 것
이다. 지금은 전기가 없으면 아무것도 할 수 없다. 그러므로 전기
없는 삶의 방식도 생각해봐야 한다는 뜻이다. 첨단 기술의 발전
이 반드시 인간에게 유리한가 하는 주제의 방송을 본 적 있다. 어
느 사회학자가 이렇게 말했다.

"인류가 지금처럼 편리한 생활을 구가하게 된 것은 백 년도 채
되지 않는다. 인류사를 볼 때 몇 천 년 동안은 불편한 시대였다.

그래서 인간의 DNA 속에는 불편함을 그리워하는 정서가 더 강하다."

공감하는 바가 컸다. 인류는 무한 편리함을 추구하다가 어느 시점에서는 불편한 시대로 회귀할지도 모른다. 지나친 기우일지 모르지만 전기 공급이 중단되는 시대가 오면 사회의 모든 시스템이 정지될 것이다. 인간이 편리만 추구하다보면 불편이 주는 즐거움을 잃어버린다는 지적도 있다. 이런저런 이유로 노년의 시기에 불편한 방식을 적용해보자는 나름의 취지다.

물론 삶의 여정은 예측할 수 없는 일이어서 계획대로 실행하지 못할 수 있지만 그런 그림을 그릴 수 있다면 나이 먹는 일이 그다지 나쁘지는 않을 것 같다. 중국의 대표적인 전원시인 도연명陶淵明의 글에 용슬재容膝齋라는 정자가 나오는데, 무릎이 용납될 정도의 아주 작은 공간이라는 당호堂號이다. 소박한 공간일지라도 세상일에 탐내지 않고 고요히 쉴 수 있으면 그곳이 최고의 정토가 아닐까.

농사는 매일
발걸음이 필요하다

어제는 종일 비가 내렸다. 덕분에 꽃과 나무들이 생기를 얻어 싱그럽고 촉촉하다. 시들시들하던 데이지 꽃이 기운을 얻어 향기를 내뿜고 있다. 물기 머금은 나무들을 보고 있으면 내 마음도 맑은 에너지로 충만해진다.

봄날에 교육관 주변으로 화단을 새로 만들어 여러 가지 꽃과 나무를 심었는데 이번 비에 뿌리가 더 단단해졌을 것이다. 이른 봄에 새 식구로 들여온 붉은 홍매가 잎이 돋지 않아서 걱정을 많이 했다. 이 녀석도 몸살을 잘 이겨낸 것 같아 안심이다. 정원 식구들이 많아도 그 사연과 이름을 다 기억한다.

지난 이맘때 이웃 교회 집사님이 부용꽃을 선물했는데 이번 여름에도 새순을 올렸다. 꽃과 나무에 무슨 종교와 이념이 있겠는가. 생명을 아끼고 사랑하는 마음은 모두가 추구하는 공동 목표일 것이다. 꽃밭에서는 종교적 격식이나 의식도 필요 없다. 꽃씨를 서로 나누며 꽃 이름을 공유하는 일에 예배와 찬송이 무엇 필요하겠는가. 꽃을 사랑하는 심성만 있으면 된다. 시내에서 분재 전문점을 운영하면서 나무 가꾸는 일을 도와주는 권 사장도 종교로 따지자면 교회 장로이다. 그렇지만 그 경계를 허물고 생명 잔치에 흔쾌히 동참하고 있다.

룸비니 동산 주변에 구절초 씨앗이 떨어져 새싹이 얼마나 많이 자라는지 다니는 길에도 싹을 틔워 모종삽으로 옮겨주는 일을 자주 했다. 어제 비 때문인지 오늘도 몇 녀석이 계단 틈에서 발견되어 옮겼다. 몇 해 지나면 구절초 군락을 이룰 것이다.

법당 뒤를 정리하다가 자갈 틈에서 우단동자 꽃을 발견했다. 일을 멈추고 사진으로 찍어 멀리 있는 지인에게 전송했다. 꽃에 안부를 실어 소식을 전하는 것이다. 호미를 든 김에 마당 잔디 사이에 자라는 민들레와 토끼풀을 솎고 있는데 이른 시간인데도 참배객이 절을 찾았다. 법당을 다녀오는가 싶더니 호미가 어디 있느냐고 물어봐서 참 고맙고 반가웠다. 이런 일은 혼자 하면 재미도 없고 능률도 오르지 않는다. 일손 부족할 때 손 하나 보태면 그야말로 천군만마. 요즘에 "스님은 무엇을 좋아하세요?" 하고 물을 때마다 "저는 풀 뽑는 일에 함께해주는 것을 좋아합니다"라고 대답한다. 이런 계절에는 풀매는 일이 거의 일과가 되다시피 하므로 도량 관리에 도움주는 분들이 유독 반갑다. 한 곳이라도 잠시 소홀하면 어느새 풀밭이 되기 때문에 틈나는 대로 손이 가야 한다.

아래채 장독대 근처를 신경 쓰지 않았더니 풀이 한껏 자라서 사람 살지 않는 모습이 되어있었다. 그곳까지 마무리하고 나니 어느새 예불 시간이 가까웠다.

근래에는 대중이 여럿 있어서 예불과 밭일을 도와주어 힘이 절반으로 줄었다. 혼자서 다 하려면 하루 스물네 시간도 부족할 때가 많다. 출가인의 입장에서는 이래저래 시주 단월의 도움을 받는 신세가 되는가보다. 최근 들어 거사님 한 분이 자주 왕래하며 대소사를 도와주고 있어서 나의 어깨가 많이 가벼워졌다. 올봄 교육관 뒤에 텃밭을 일구고 가지, 고추, 오이, 토마토, 옥수수 등을 심었는데 이분의 노력이 아주 컸다. 벌써 농작물들이 자라서 고추나 오이를 따 먹는 재미가 쏠쏠하다. 옥수수 키가 한 뼘씩 크는 것을 보며 무더위를 잊는다.

이러한 기쁨을 누리기 위해서는 수고를 아끼지 말아야 한다. 비가 내리고 나면 밭고랑이 온통 풀 천지다. 명아주, 바랭이, 쇠비름 등이 주범들인데 시기를 놓치면 이놈들이 밭주인이 될 정도다. 그러므로 농사는 매일 발걸음이 필요하다는 어른들의 말씀이 맞다. 밭이나 정원이나 주인의 성품이 반영되기 마련이다.

세상일이 정성과 노력을 들이지 않고 되는 게 어디 있겠는가. 그 일로 보람과 기쁨을 느낄 수 있다면 그것이 소소하지만 확실한 행복일 것이다. 미국 격언 중에 "당신이 누리는 축복을 세어보라"는 말이 있다. 삶의 언저리에서 항상 힘든 일과 기쁜 일이 있지만 가만히 세어보면 축복받은 날이 더 많다. 그러므로 작은 축복들이 우리 삶을 받쳐주고 있다는 것을 알아야 한다.

이번 주 안에 제초약도 한 번 쳐야 하는데 적당한 날을 보고 있는 중이다.

욕망의 산에서
하산하는 지혜

해마다 이맘때가 되면 잡초 때문에 머리 무거웠는데 올해는 한결 수월해졌다. 시골 출신의 한 선생과 서희 할머니가 자주 도와주어서 구석구석 깔끔하다. 뙤약볕 아래에서 땀 흘리며 일하는 것을 좋아하지 않는 세태에서 이분들의 관심과 정성이 고맙다.

누구나 쉽게 꽃을 감상하기는 해도 그 꽃을 가꾸는 일은 어려운 법이다. 그러므로 잘 정돈된 정원의 이면에는 주인의 열정과 노력이 있다는 것을 알아야 한다. 그래서 나는 지인들에게 꽃길을 그냥 지나치지 말고 눈길을 주어야 한다고 말한다. 그것이 더운 날 풀을 뽑고 물을 주며 꽃을 가꾸어 온 주인에 대한 예의이다.

이번에 명아주 풀밭을 잡기 위해 제초제를 쳤는데, 새로운 비밀을 알게 되었다. 제초제의 원리가 궁금해서 자료를 뒤적였더니 놀랍게도 성장을 촉진시키는 성분이 함유되어 있다는 사실. 그러니까 뿌리까지 약이 침투하여 죽게 만드는 것이 아니라 과도한 성장을 통해 생리작용을 교란시켜 죽게 만드는 것이다. 어찌 보면 영양 부족 상태로 만들어 고사시키는 방법인데 쑥쑥 자라는 풀의 생리를 역이용하는 원리다.

이 일을 지켜보면서 분수에 넘치는 욕심은 사람이나 자연이나 모두 상하게 하는구나 하며 깊이 명상하는 시간을 가졌다. 사람은 스스로의 욕심 때문에 사기를 당하거나 큰 망신을 경험하기도 한다. 과속만 위험한 것이 아니라 과욕 또한 인생을 전복시키는 원인이 되기도 한다.

어떤 농가에 작물이 잘 되지 않아 그 원인을 살펴봤더니 비료와 퇴비를 평균치보다 많이 주어서 그랬단다. 인간의 지나친 욕심이 정상적인 생육을 방해했던 셈이다. 영양 과다는 오히려 해롭다는 사실이 확인된 것이다. 삶의 질서에서도 욕심을 너무 부리면 득得보다 실失이 많다.

물리학 용어에 '임계점臨界點'이란 게 있다. 물질의 구조와 성질이 다른 상대로 바뀌는 지점의 온도 또는 압력을 일컫는다. 물이 99도에서 100도가 되어야 펄펄 끓어 수증기가 된다. 우리의 인생에서도 임계점이 존재할 것이다. 열심히 노력하는 것도 필요하지만 그 욕심이 지나치면 오히려 화근이 된다. 자신의 분수를 아는 것, 이것이 인생의 임계점이다. 스스로의 임계점을 초과하면 불행으로 그 성질이 바뀔 수 있다.

당대唐代 말기의 시인 사공도司空圖(837~908)는 관직생활을 하다가 37세에 미련 없이 사표를 쓰고 낙향한 인물이다. 그는 작은 정자를 짓고 '삼휴정三休亭' 또는 '휴휴정休休亭'이라 불렀다. 그는 〈휴휴정기休休亭記〉에 '쉬는 것'에 대해 밝혔는데 첫째는 재주를 헤아려보니 쉬는 게 마땅하고, 둘째는 분수를 헤아려보니 쉬는 게 마땅하고, 셋째는 귀먹고 노망했으니 쉬는 게 마땅하다 적었다. 마음을 쉰다는 것은 과욕을 내려놓은 일이었다.

티베트 수미산을 참배하려면 반드시 고산증세를 이겨내야 한다. 이 증상은 사람에 따라서 다양하게 나타나는데 머리가 깨질 듯 아프기도 하고, 숨이 멎을 것 같이 가슴이 답답하고 구토가 계속되기도 한다. 이럴 땐 고집을 부려서는 안 된다. 그 자리에서 왔던 길을 되돌아 내려가면 증세가 호전된다. 왜냐하면 하산할수록 기압이 낮아져 호흡이 편해지기 때문이다.

한 걸음씩 내려갈수록 거짓말 같이 두통도 가벼워진다. 어떤 선택의 지점에서 이렇게 과감히 포기할 때를 알아야 상황이 좋아지기도 한다. 다시 말하자면, 임계점 아래로 내려가면 오히려 편해진다는 사실이다. 삶이 힘들 때마다 욕심의 무게를 조금 줄이면 된다. 욕망의 산으로 너무 높이 올라간 것이 아닌가 돌아보란 뜻이다. 이때는 그 산에서 내려오면 문제가 해결된다. 지금의 상황을 무시하고 욕심내어 더 오르려 하다가는 큰일을 당할 수 있다.

팔만대장경의 법문을 압축하고 또 압축하면 "욕심을 버려라"로 정리할 수 있다. 욕망의 산에서 하산하는 지혜가 이 속에 다 담겨 있는 것이나 다름없다. 달라이 라마의 말씀 중에 "탐욕의 반대말은 무욕이 아니라 만족이다. 그 만족이 우리에게 행복을 약속할 것이다"는 가르침을 상기해야 한다. 결국 욕심의 치료제는 만족이라는 말이다. 불만족이 계속되는 한 욕심은 재생산되기 때문이다.

자신의 욕심을 잘 다스리면 열등해질 이유도 없어서 불행도 적다. 크고 불가능한 것을 바라는 것도 욕심이지만, 가지고 싶은데 노력 안 하는 것도 욕심의 범주에 해당할 것이다. 벤자민 프랭클린의 명언 중에 "행복에는 두 갈래의 길이 있다. 욕심을 줄이거나 재산을 많이 가지면 된다"는 내용이 있다. 여기서 재산을 많이 가지기는 매우 어려우므로 욕심을 줄이는 일이 훨씬 쉬울 것이다. 그렇다면 우리는 무엇을 선택해야 할까?

지금 사랑하며
집중하는 일

공기의 질감이 상쾌해졌다. 맑은 바람 속에서 가을의 향기가 실려 온다. 날짜를 보니 오늘이 9월의 첫날이다. 숫자 하나에 계절이 다르게 느껴지므로 절기는 정확하다.

오후에는 작업을 마치고 호미와 연장들을 씻었다. 호미를 깨끗이 씻는다는 것은 여름이 끝났다는 뜻이기도 하다. 여름 내내 잡초와 다투었는데 이제는 호미질이 크게 필요 없을 것 같다.

며칠 날씨가 시원해서 연일 구석진 곳의 풀을 매고 치웠다. 정갈해진 화단이 가을 분위기를 소소하게 연출해주어서 좋다. 밭에 김을 매거나 화단을 손질하는 일은 그때그때 해야 할 일. 미루거나 빈둥거릴 숙제가 아니다.

올해는 매일 한 시간 이상 일을 하며 호미를 놓지 않았다. 그덕분에 어느 정도 풀을 잡을 수 있어서 한여름에도 깔끔한 마당을 보며 지냈다. 틈나는 대로, 눈에 보이는 대로 손을 더 움직여 풀이 자라는 속도를 따라 잡을 수 있었다.

수돗가에서 호미를 씻으며, 풀 매다보니 여름이 다 갔구나 하는 생각이 들었다. 봄이 시작되면서부터 지금까지 밖에서 보낸 시간이 훨씬 많다. 꽃이 피기 시작하면 풀도 함께 자라기 때문에 그

때부터 호미를 잡아야 한다. 수없이 많은 종류의 풀들이 내 손을 거쳐 없어졌다.

이른 오월부터 늦은 팔월까지 주인을 참 성가시게 하는 풀이 메꽃이다. 줄기가 나올 때마다 뽑아주긴 하는데도 돌아서면 또 자란다. 올해는 이 녀석들을 잡겠다며 시시때때로 살피며 솎았다. 꽃을 꺾기엔 아깝지만 손을 놓고 있으면 메꽃 천지가 되어 화단을 망칠 우려가 있어 그때마다 잡아주는 수밖에 없다.

이 메꽃을 어제도 뽑고 오늘도 또 뽑았다. 내 눈을 용케 피해 벌써 꽃을 피운 녀석도 있었다. 이놈들을 정리할 때는 인내심을 갖고 다른 나무 가지를 타고 올라간 줄기를 차근차근 풀어주어야 한다. 줄기를 확 당겨버리면 다른 나무 가지들이 부러질 수도 있음이다. 메꽃이 유독 뿌리로 강하게 번식하는 것은 꽃이 피어도 열매를 맺지 못하는 특성 때문에 그렇단다. 억세게 생존하는 그 방식이 한편으로는 놀랍고 신비롭다.

정말로 여름 내내 호미 끝이 무디어질 정도로 일을 했다. 그런 과정 속에서 승복 바지에는 여기저기 풀물이 들고 손톱도 거칠어졌다. 한편으론 작업 중에 땡벌에 쏘여 곤욕을 치른 적도 있다. 더

군다나 여름날 풀매기는 비지땀을 흘려야 하고 모기와도 전쟁을 벌여야 하므로 이래저래 힘들다. 사람은 패배나 실패를 경험하면서 교훈을 얻게 되는 모양이다. 이긴 게임을 통해서 배우는 일은 그다지 없다. 여름 한철 풀의 속성을 익히며 정진 잘했다.

풀을 주제로 너무 많은 이야기를 쏟아낸다 할지라도 나의 일상이 그러하니 어쩔 수 없다. 이런 일이 하루 가운데 큰 비중을 차지하기 때문에 그러하다. 지금 사랑하며 집중하는 일이 그 사람의 삶이기 때문이다.

그래도 나의 손길을 알아봐주는 사람들이 있으면 힘이 나고 정리한 보람을 느낀다. 방문객들이 "절이 참 예뻐요"라고 하거나 "깨끗하고 아담해요"라고 하면 힘들었던 시간들도 보상이 되는 기분이다. 내가 부지런히 움직여 방문객들에게 기쁨과 고요를 선물할 수 있다면 그것으로도 충분하다. 풍진세상을 살아가는 이웃들에게 따뜻한 응원이 되고 위로의 뜻을 전하기 위해 이 공간을 가꾸고 정리하는 것 아닌가. 백 마디의 법문보다 평화로운 풍경이 지친 삶을 토닥이며 치유해줄 수 있다는 신념은 지금도 변함없다.

이 절은 꽃과 나무가 아름다운 곳으로 소문나길 바란다. 지나친 욕심일지는 몰라도 사시사철 꽃이 피고 지는 것을 감상할 수 있는 전법 사찰로 만들고 싶다. 먼 훗날 사람은 떠날지라도 솜씨는 남는 법이다. 교토 천룡사의 몽창夢窓국사가 그랬다. 그 유명한 조원지曹源池 정원을 처음 설계하여 알뜰히 가꾼 덕에 인물은 역사 속으로 사라졌어도 그 정원은 명품으로 남아 세계인들의 이목을 끌고 있다. 나도 그런 사찰을 꿈꾼다.

어느 때보다 정갈해진 가을정원. 이제 국화와 구철초가 꽃망울을 터뜨릴 준비를 하고 있다. 저 국화는 지난해 이맘때 화분에 있던 꽃을 옮겨심기 했는데 그새 한 아름 크기로 번졌다. 저 꽃이 피면 나는 또 얼마나 행복할까.

가을

·

도토리 몇 개가 떨어졌다

닉엽이 우수수 지는 소리를 들었다. 갈잎들이 마당에 켜켜이 쌓일 정도로 밤새 쏟아져 내렸다. 낙엽이 심하게 지는 날은 빗소리인지, 바람소리인지 알 수 없어서 가끔 밖을 내다보곤 한다.

구름이 흘러가는
속도에 맞추어

오늘 아침에 아스타 꽃이 피었다. 어제 꽃망울이 부풀어있는 것을 보았는데 드디어 그 신비를 풀어 놓았다. 참 반갑다며 인사를 건네고 그 곁을 서성이다가 들어왔다. 꽃과 인사하는 것을 옛글에서는 '문향聞香'이라고 표현했다. 참으로 서정적인 수사修辭가 아닐 수 없다.

흔히 꽃향기를 맡는다고 하는데 이런 표현은 인간 중심의 시선이다. 그러나 생명의 입장에서 보면 꽃은 향기를 통해 자신의 존재를 이야기하고 있다. 그러니까 꽃에게는 향기가 일종의 언어가 되는 셈이다. 그렇다면 꽃이 말하는 것을 귀로 들어야 하는 것이다. 이런 이유로 옛 어른들은 꽃향기를 듣는 것이라 적었을 것이다. 꽃이 전하는 비밀스런 그 언어에 마음을 열고 귀 기울일 줄 알아야 한다.

이즈음에 피는 가을꽃이 반가운 것은 꽃이 아름다워서가 아니라 인고의 시간을 견뎌낸 얼굴이라서 그렇다. 봄에 여린 잎을 피워 여름날의 무더위와 폭풍우를 이겨내고 익어온 위대한 향기인 것이다.

저게 저절로 붉어질 리 없다

저 안에 태풍 몇 개

저 안에 천둥 몇 개

저 안에 벼락 몇 개

　이 글은 장석주의 〈대추 한 알〉이라는 시구절이다. 비록 대추 한 알이지만 그 속에는 수많은 사연과 인고의 시간이 깃들어 있는 것이다. 그저께 밤에 비바람이 불었는데 우리 절 대추나무도 편안하지 못했다. 아침에 나가보니 대추가 후두두 떨어져있었다. 비바람에도 용케 매달려있는 놈들은 그야말로 천둥과 벼락 몇 개씩은 이겨낸 셈이다. 그러니까 대추 한 알이라도 저절로 익어지는 게 아니다. 사람 앞에 놓인 인생길도 이와 다르지 않으리라.

　이번에 핀 아스타 꽃은 보라색이 선명해서 몇 년 전 심었다. 그런데 올해 유독 반가운 이유가 있다. 옮겨 오던 그해에만 꽃을 보았을 뿐 그 이후로는 만나지 못했다. 진딧물에 약해서 꽃을 피우지 못한다는 것을 한참 뒤에 알고 올해는 봄부터 여러 번 방충약을 주었더니 잎이 싱싱하게 자랐다. 그리고 꽃망울이 형성되는 것을 지켜보면서 올해는 꽃이 필 것을 예상했었다. 이런 사연이 있는 만큼 올해의 개화가 더 신비하고 대견한 것이다.

이 가을날 높은 하늘과 마주하고 있으면 영혼이 명료해지는 기분이다. 세상일과 투닥투닥 싸우다가 가을 하늘을 바라보면 욕심 한 움큼이 가벼워지기도 한다. 이런 날에는 마음이 한 뼘 정도 넓어져서 무슨 일이든 다 이해하고 오케이 할 것 같다.

가을의 초입에 서있으면 이상하게 마음이 따스해지려 한다. 만나는 이웃들과 인사하며 사랑의 안부를 전하고 싶어진다. 더불어 내 자신에게도 고요와 평화의 시간을 주고 싶다. 이런 것이 가을이 주는 명상이며 정서다.

나는 아스타 꽃을 곁에 두고 지난여름의 일을 정리해본다. 무엇 때문에 분주했는지를 물어보고 이 가을에는 조금 더 천천히 걸어가자고 다짐한다. 올 가을에는 구름이 흘러가는 속도에 맞추어 시간을 느리게 느리게 보낼 작정이다.

물소리 가득한
산중으로

선들선들 불어오는 바람에서 가을 내음이 묻어난다. 햇살도 한결
부드러워져 마당에서 보내는 시간이 많아졌다. 온 대지를 녹여버
릴 것 같은 한여름 폭염은 어디로 사라졌을까. 한 주일 뒤면 백로
白露이니 가을이 내릴 때도 되었다. 어느새 하늘이 높아지고 날씨
도 청명하다. 어제 산책길에 굵어진 밤송이를 보며 새삼 절기의
오묘함을 떠올렸다.

오늘 아침에는 창을 열고 찻상과 마주했다. 여름 내내 더위가
무서워 문을 열어 놓지 못했었다. 초가을 느낌이 기분을 한결 상
쾌하게 만든다. 아주 오랜만에 차 한잔을 마시며 피아노 선율에
귀를 맡기니 닫혀있던 감성이 투명해지더라. 아무래도 이런 날은
잘 조율된 현악기처럼 우리들의 심금도 맑아지는 것 같다.

이번 여름은 폭염에 열대야까지 겹쳐서 신경이 온통 더위에 쏠
려 있었다. 가뭄도 유난히 심하더니 며칠 내내 계속된 비로 인해
나무들이 생기를 얻었다. 아마 일주일 정도 하늘이 더 애태웠으면
정원의 식구들이 온전하지 못했을 것이다. 늙은 감나무에 신품종
을 접목하여 묶어 두었는데 태풍이 크지 않아서 한시름 놓았다.

가을 날씨에 기대어 묵혀 두었던 책을 읽었다. 땀날 땐 읽히지

않더니 문장이 눈에 들어오는 게 신기하다. 역시 가을은 독서의 계절. 법정 스님이 노트에 메모한 글을 모아서 편집한 내용을 이번에 정독했다. 법정 스님은 틈틈이 당신의 일상과 사유들을 간략하게 기록해두는 걸 잊지 않으신 모양이다. 나 또한 스치는 생각들을 한두 줄로 정리해 놓는 습관이 있다. 소설가 김훈 선생은 하루에 원고지 다섯 장을 무조건 써야 한다는 원칙을 어기지 않는다고 했다. 이른바 '필일오必日五'인데 느리면서 꾸준히 기록하는 태도가 중요하다.

그저께는 지리산 암자에 예고 없이 다녀왔다. 추색秋色 물드는 그곳에서 소음에 지친 눈과 귀를 맑혔다. 마침 비 내린 다음 날이라서 계곡물이 나그네의 발걸음을 오래 머물게 했다. 물소리를 배경 삼아 다실에 앉았으니 시간 가는 줄 모르겠더라. 내가 살고 있는 이곳은 계곡이 없어서 물소리 들리는 암자에 갈 때마다 그 풍경이 마냥 부럽다. 물소리에 잠들고 또 아침을 시작할 수 있으면 그것만큼 더한 복은 없을 것이다.

그 암자에 '세외청음석상류世外淸音石上流'라는 편액이 보였고, 그 아래엔 석간수가 졸졸 흐르고 있었다. 가히 이보다 더 좋은 묘사가 어디 있으랴. 세상 밖의 맑은 소리란 무엇인가? 그것은 바위로 무심히 흐르는 물소리일 것이다.

남송시대 허당지우虛堂智愚선사의 어록으로 알려진 《허당록虛堂錄》에 이런 구절이 있다.

> 시냇물 소리는 한밤중이요
> 산 빛은 해질녘이라

시냇물 소리는 한밤중의 것이 그윽해서 들을 만하고, 산 빛은 해질녘이 되어야 볼 만하다는 뜻. 한밤중에 시냇물 소리를 들을 수 있고 해질녘이 되면 홀로 서서 산 빛을 감상할 수 있다면 그 하루의 삶은 고요하고 값질 것이다.

나는, 어느 때가 되면 미련 없이 지금의 거처를 떠나 물소리 가득한 산중으로 숨을 것이다. 그래서 더 깊이깊이 소식을 숨기고 나무나 바위처럼 세상사에 관심 두지 않고 살 작정이다. 주변의 부탁을 거절하지 못해 얽혀진 복잡한 인연들이 나를 힘들게 할 때마다 얼른 그 역사를 감행하고 싶어진다. 사람이 사람에게 부대

끼고 지치면 자연으로 돌아가 숲에 기대어 보다 간결해질 필요가 있기 때문이다.

> 보리밥과 풋나물을 알맞게 먹은 후에
> 바위 끝 물가에서 실컷 놀고 있노라
> 그 밖의 다른 일이야 부러워 할 것이 있으랴

옛사람이 남긴 글이다. 보리밥에 나물 먹는 신세지만 자연을 벗하며 무엇을 구하지 않으니 안분지족의 삶이 따로 없다. 상상만 해도 맑은 기운이 감도는 그런 삶이다.

이제 넋두리는 그만하고 여름 동안 미루어 두었던 일과를 시작해야겠다. 한창 세력을 뻗고 있는 잔디를 깎아주고 국화를 몇 분 더 옮겨와 심을 예정이다. 옥수숫대를 뽑아낸 자리에 배추 모종도 심어야겠는데 혼자 하기엔 일손이 부족하다. 풀벌레 소리가 벌써 어지럽다.

꼭 필요한 것만
남기고 정리하라

며칠 사이에 날씨가 얌전하게 달라졌다. 하늘도 청명해졌고 한결 부드러워진 바람결에 가을 느낌이 묻어난다. 어제 저녁에는 선선한 공기가 좋아 마당을 한참 동안 서성이다 들어왔다. 가수 양희은이 부른 〈참 좋다〉의 노랫말처럼 가을 초입이 되면 '날이 참 좋다, 바람이 참 좋다, 네가 있어 참 좋다'는 생각이 든다.

어느 시인은 '스님들 독경 소리가 한결 청아지면서 가을이 온다'라고 했는데, 오늘 같이 맑은 날엔 법당에서 들리는 염불 소리도 낭랑하다. 우리의 감성도 계절을 닮아 엷은 우수로 서서히 물들고 있나보다. 예민하고 까칠했던 성질은 스르르 사라지고 그새 차분하고 투명해졌다.

봄의 정원은 풍성해야 좋고 가을 정원은 여백이 있어야 좋다. 그래서인지 이때쯤이면 여름 꽃들은 과감하게 베어내고 정원을 절반쯤 비워두게 된다. 오전엔 내 방 앞 화단을 정리하였더니 아주 깔끔하다. 비비추, 함박꽃, 벌개미취 등 철 지난 화초를 잘라주었더니 제대로 정돈이 된 기분이다. 여백이 강조된 정원에 연분홍 상사화가 피어있으니 군더더기 없는 작품이 되었다.

청초한 상사화가 한창일 때 얼른 보여주고 싶어서 방문하는 이들을 불러 세우고 눈인사를 하라 한다. 며칠 있으면 꽃이 지고 없을 테니 아쉬운 생각이 앞서기 때문이다. 다시 만나려면 또 일 년을 기다려야 하는 안타까움이 있다. 이러하므로 저만치 꽃이 피었는데도 발길을 외면한다면 감성이 섬세하지 못한 사람이다.

꽃은 기다려야 만날 수 있기에 인내심 없는 사람은 정원 가꾸기에 심드렁할 수 있다. 수선화나 튤립 같은 구근화초들은 가을에 심어주면 겨울을 지냈다가 봄에 여린 얼굴을 내민다. 겨울 내내 꽃을 기다리는 심정이다. 이미 피어 있는 꽃을 가져다 꾸미는 것보다 시간을 기다려 만나는 꽃이 더 신비롭다.

정갈해진 정원 쪽으로 자꾸 눈길이 간다. 바라보고 있으면 어지럽던 마음도 고요해진다. 잘 정돈된 공간이 주는 심리적 효과 같은 것이다. 이것을 '공간 치유'라 말한다. 지리산 산청의 어느 사찰은 공간 배치와 정원 설계를 기막히게 해놓고, 보는 이들에게 휴식과 명상의 기회를 제공하고 있다. 그곳에서 사람들은 오래 앉아 마음에 평화를 담아가는 것을 자주 보았다. 가득 채워진 정원보다는 덜 채워진 공간이 사람을 더 편안하게 할 수도 있으므로 아무런 장식 없이 텅 비워두는 것도 일종의 기술이다.

정원을 가꿀 때 너무 욕심을 내면 포인트가 살아나지 않는다. 이것도 필요하고, 저것도 필요하다고 생각되면 정원 정리는 더 어렵다. 그러므로 미련 두거나 주저하지 말고 뽑아낼 수 있는 용단이 있어야 여백을 만날 수 있다. 집안 정리를 할 때도 마찬가지일 것이다. 버리지 못하고 이것저것 챙겨두게 되면 결국에는 공간을 비우는 일에 실패하는 경우가 많다. 그러므로 정리할 시점에서 망설이는 것은 금물이다.

일본 최고의 정리 컨설턴트 곤도 마리에(近藤麻理惠)는 "설렘이 없으면 버려라"고 물건 정리의 기준을 말했다. 그녀는 물건을 만졌을 때 아직도 설렘이 남아있으면 남겨두고, 그렇지 않으면 머뭇거리지 말고 기부하라 이야기한다. 어떤 물건을 앞에 두고 설렘이 없으면 꼭 필요한 것이 아니란 뜻이다. 간절히 원하던 물건을 처음 가졌을 때 가슴 설레던 경험들은 있을 것이다. 그러니까 설렘이 사라지면 그 물건과의 관계는 시들해졌거나 종료된 것이나 마찬가지다. 살아가는 동안 매 순간 물건 외에도 선택을 해야 할 때가 많다. 그럴 때 '설렘이 남아있는가?' 하고 물어보면 스스로 답을 얻을지 모르겠다.

살아가면서 필요한 것과 가지고 싶은 것을 구분할 줄 알아야 현명하다. 그 물건이 없어도 크게 불편하지 않다면 꼭 필요한 것은 아닐 것이다. 사람들은 필요해서가 아니라 단순히 '가지고 싶은 것'을 지니지 못하기 때문에 괴로울 때가 많다. 그러니까 가지고 싶은 욕망을 조금 내려놓으면 일상의 불만이나 번뇌도 그만큼 줄어든다.

　꼭 필요한 것만 남기고 정리하라. 그래야 삶의 여백이 확장된다. 마치 잘 정돈된 정원처럼 여백의 미가 살아난다. 가을엔 이것저것 챙기기보다는 버리고 비우는 지혜를 배웠으면 좋겠다.

자연이 거저 주는
맑은 선물

이른 아침 지붕에서 톡 소리가 들려 밖으로 나가보니 도토리 몇 개가 떨어져있었다. 그제야 가을이 왔음을 알았다. 낙엽 지는 소리보다 도토리 열매가 가을을 먼저 알려준다. 도토리 떨어지는 소리는 그 어떤 명곡의 곡조보다 아름다운 원초적 음악이다. 상수리나무 아래에서 도토리를 주우며 가을을 맞이하는 첫인사를 했다. 애써 손꼽지 않아도 이만치 성큼 다가온 가을.

산속 스님이 세월을 헤아리지 않고도
낙엽 하나로 천하에 가을이 온 것을 안다
山僧不解數甲子 一葉落知天下秋

이 시구는 《문록文錄》이라는 책에 기록된 당대唐代의 글이다. 첫 문장의 '갑자甲子'라는 단어는 일상에서 육십갑자라고 표현하듯 한 해 한 해 세월을 뜻한다. 노스님이 달력을 넘기지 않아도 낙엽 한 잎에 가을 소식을 알 수 있는 것이다. 내 곁에 문명의 시계가 없더라도 자연의 섭리를 통해 계절의 변화를 감지할 수 있다. 그만큼 계절의 박자와 선율은 어김없다.

숲속에 살다보면 계절 변화를 세세하게 느낄 수 있어서 좋다. 그저께는 해우소 앞을 서성이다가 나무 그늘에 핀 꽃무릇 무리와 눈이 마주쳤다. 나도 모르게 탄성을 지르며 박수를 쳤다. 며칠 전까지만 해도 보이지 않았는데 그 사이에 불쑥 고개를 내밀고 있었다. 아마 숲을 가까이 두지 않았다면 이러한 계절 시계와 무관하게 살고 있을지 모르겠다.

헨리 데이비드 소로우(Henry David Thoreau)는 자신만의 고독한 숲으로 들어갔을 때 대체 그곳에서 뭘 할 거냐고 물었을 때 이렇게 대답했다.

"계절이 변하는 것을 지켜보는 것만으로도 할 일은 충분하지 않겠소?"

자연 풍경이 바뀌지 않고 고정되어 있다면 우리는 이토록 위로받지 못할 것이다. 계절 변화를 무심히 지켜보는 것도 작은 즐거움이다. 평생 정원을 가꾸었던 타샤 튜더(Tasha Tudor)는 아침에 일어나면 잠옷 차림으로 정원을 돌아보는 일이 큰 행복이라고 말했다. 숲과 정원은 매일매일 새로운 것을 선물하기 때문이다.

전원생활로 노년을 시작한 분이 "늙으면 꽃보다 고추나 상추 키우는 재미가 더 쏠쏠하다"는 고백을 했다. 흙이 좋아지면 그 사람은 이미 나이를 먹었다는 뜻. 흙이 지닌 무한한 생명력 때문에 날마다 싱싱한 채소를 만날 수 있으므로 어쩌면 꽃을 가꾸는 일보다 쏠쏠한 재미가 더 있을지도 모르겠다. 젊었을 때는 일상이 분주하고 복잡하여 하늘 한번 마주할 시간도 없을뿐더러 호미를 가까이 할 시간도 없다. 그렇지만 눈이 침침해지면 일도 줄고, 사람도 줄어 땅이 주는 고마움에 눈길을 돌리게 된다.

선비들은 문방사우를 가까이 한다지만 차인들은 팽다사보烹茶四寶를 곁에 둔다. 이에 비해 내가 즐기는 사우四友는 꽃과 바람, 별과 달빛이다. 이들은 누구에게나 주어지지만 누구라도 관심두지 않으면 의미 없는 대상들이다.

여기 살면서 새삼 꽃과 바람, 별과 달빛을 원 없이 즐길 수 있어 감사하다. 자연이 거저 주는 맑은 선물이다. 이 선물로 일상이 무료하지도 않고 쓸쓸하지도 않다. 때때로 내 처소를 방문하여 위로를 건네주는 고마운 벗들이다. 그러므로 자연의 변화를 가까이서 지켜봄은 그 자체가 인생의 성찰이다.

어제는 나무를 감고 올라가는 넝쿨을 정리했다. 이놈들은 무언가를 의지해서 세력을 키워간다. 그렇지만 나무를 잘라버리면 동시에 넝쿨도 세력이 사라진다. 그러니 권력의 중심부에 너무 밀착해 있으면 어느 때에 그 자신도 더불어 무너진다는 교훈을 배울 수 있어야 한다. 삶의 희노애락이나 권력의 흥망성쇠 또한 세월 앞에서는 유한할 뿐이다. 권력이든 명예든 결코 길지 않다.

같이 밥 먹을
친구 하나 있는가

청명한 가을날 절 마당에 음식을 차리고 지인들을 초대했다. 달리 거창한 이유는 없고 그저 가까운 사람을 초대하여 밥 한 끼 나누자는 취지. 사는 게 별 게 아니다. 마음 좋은 사람끼리 마주 앉아 밥 한 그릇 따뜻이 먹으면 그게 사람 사는 맛이다. 진수성찬은 아니더라도 김이 모락모락 오르는 된장찌개에 안부를 담을 수 있으면 그게 사람 사는 냄새다. 인생사에 큰 변고라도 생겨 식사 자리에 나갈 수 없는 상황이 된다면 명예와 성공이 무슨 소용 있으랴. 부담 없는 친구들과 막걸리 한 사발 격의 없이 마실 수 있으면 그게 잘 사는 삶일 것이다.

외로울 때 친지들과 식사 약속을 하는 행복은 월급 받는 기쁨과 동일하다고 한다. 그만큼 일상에서 정겨운 사람을 만나 식사하는 일은 행복의 중요한 요소다. 만약, 삶이 부질없고 버거울 때 같이 밥 먹을 친구 하나 없다면 살아왔던 방식을 수정해야 할 것이다. 그런 인생이야말로 잘못 살아온 삶일 테니까.

근래에 '혼밥'을 즐기는 이들이 많다지만 홀로 마주하는 밥상은 외롭기 마련이다. 강원도 산골 암자의 그 스님은 혼자 먹는 공양이 무척 간소하여 국물에 말아 후루룩 해결한다고 했다. 어찌

다 방문하면 밥상을 준비하는 일이 즐겁다고 하더라. 그는 그곳에서 배가 고픈 게 아니라 사람이 그리운 것이었다. 이렇듯 빈 공간에서 침묵하며 먹는 밥은 헛헛하다.

오두막 수행자라 하더라도 홀로 차리는 밥상은 궁상스럽다. 그래서 밥 먹을 때는 사람이 곁에 있어야 거친 보리밥일지라도 꿀맛 같을 것이다. 나도 한때 칩거하며 홀로 끼니를 해결하던 시절이 있었다. 그땐 삼시 세 끼는 성가시어 엄두를 못 내고 한 끼가 전부였는데 언제나 입맛도 신통치 않았다. 그때 밥상의 행복은 누군가와 정을 나누며 먹는 일이란 걸 알았다.

식맹食盲이라는 신조어가 생겼다. 글자를 모르면 문맹文盲이라 말하고, 컴퓨터에 깜깜하면 컴맹이다. 그리고 음식을 할 줄 모르면 식맹이란다. 식재료가 앞에 있어도 조리법을 몰라 음식을 해 먹지 못하는 사람들이 많아서 생긴 말이다. 전화 한 통으로 배달이 가능하고 집을 나서면 편의점에서도 도시락을 먹을 수 있다. 아마도 가공음식과 배달요리가 우리의 식단을 점령하고 있는 세태라서 이런 표현이 나올 법하다.

텔레비전에 어느 산골 가족의 교훈을 소개하였는데 '불편하게 살고, 맛없는 걸 먹자'라고 적혀있었다. 이 가족의 생활방식이 건강한 삶이란 걸 알지만 강요할 생각은 없다. 다만 그 뜻을 배우고 공감하자는 말이다. 왜냐하면 음식에 대해 감사할 줄 모르고 중요하게 생각하지도 않기 때문이다. 엄밀히 말해 음식에 대한 감사를 모른다면 그게 정말로 식맹일 것이다.

새삼스런 표현 같지만 지금은 너무 편리하고 풍족하여 여러 문제가 발생하는 시대다. 생물 가운데 인간이 유일하게 쓰레기를 만들어 낸다. 저 초원의 동물들이 쓰레기를 배출한다는 소식을 아직 듣지 못했다. 그런데 우리가 만들어낸 쓰레기는 인간 욕망의 산물이라는 것이다. 그러므로 사람의 욕망이 줄어들지 않는 한 쓰레기도 감소하지 않는다. 결국 쓰레기를 줄이는 근본은 우리의 욕망을 줄일 때 가능하다. 곰곰이 생각해볼 일이다.

라다크 사람들은 물고기를 먹는 일이 없다고 한다. 생명을 빼앗아야 한다면 많은 사람들에게 음식을 공급할 수 있는 커다란 동물의 목숨이 낫다고 생각하기 때문이다. 물고기를 먹는다면 훨씬 많은 생명을 빼앗아야 할 것이다. 설령 짐승을 죽이는 일이라 해도 그것을 가볍게 여기지 않고 반드시 용서를 빌고 많은 기도를 올린 후에 한다는 것이다.

> 내가 타고 짐을 실은 짐승들
> 나를 위해 죽임을 당한 짐승들
> 내가 고기로 먹은 모든 짐승들
> 그들이 빨리 부처가 되기를

작은 물고기와 큰 짐승일지라도 생명의 무게는 같을 것이다. 크기가 다르다 해서 어찌 생명에 경중이 있겠는가. 라다크 사람들은 목숨의 소중함을 종교적으로 실천하고 있는 셈이다.

다른 목숨을 빼앗아 지나치게 과식하는 생활이 아닌지 반성해 보게 된다. "하루에 '꼬르륵' 소리를 세 번 들어야 무병장수할 수 있다"는 격언이 있다. 우리의 위胃를 가볍게 비워서 생기는 질병보다 무겁게 채워서 생기는 병이 더 많다. 이 격언은 건강비결의 요점이기도 하다.

비 오는 김에
쉬어가는 여유

어제는 온종일 날씨가 변덕스러웠다. 늦가을 날씨답게 아침에는 화창하더니 점심 무렵쯤 먹구름이 몰려와 비바람으로 돌변하였다. 잠시 후 햇살이 돋아 우산을 접었는데 다시 하늘이 어두워졌다. 이윽고 산 너머에서 번개와 천둥이 요란스럽다가 별안간 장대비가 한차례 지나갔다. 그리고는 저녁때까지 바람과 함께 가을비가 내렸다.

이런 기상의 변화를 보며 다실에 앉아 한나절을 한가롭게 보냈다. 밖의 풍경은 비바람에 낙엽이 흩날려 난리지만 나가보지도 않은 채 게으름을 피웠다. 폭풍우 가득한 날에는 고개 숙이고 지나가길 기다려야 한다. 괜히 나가서 정리하려다가 일만 더 그르친다. 그러므로 날씨 고약한 날에는 문 걸어놓고 반응하지 않는 것이 편하다.

고산 윤선도의 《산중신곡山中新曲》 중에 〈하우요夏雨謠〉라는 글이 있다.

비 오는데 들에 가랴 사립 닫고 소 먹여라
장마가 매양이랴 쟁기 연장 다스려라

쉬다가 개는 날 보아 사래 긴 밭 갈아라

변화무쌍한 기상현상을 두고 일을 놓쳤다며 애태우며 신경 쓸 일은 아니다. 하늘의 뜻을 인간의 힘이나 노력으로 어찌 다 알 수 있겠는가. 이렇다 저렇다 속 끓이지 말고 있는 그대로 받아들이면 시비할 일도 아니다. 오늘 못하면 내일 하면 되고, 내일도 못할 상황이 되면 잠시 늦어질 뿐이다. 길게 보면 하루 이틀 정도의 차이만 있을 뿐이니까 비 오는 김에 쉬어가는 여유도 필요하다는 뜻이다.

이러한 넋두리를 하는 까닭은 마당을 깨끗이 쓸어놓았는데 어제의 비바람에 낙엽이 온통 흩날려 몇 시간의 수고가 허사가 되었기 때문이다. 정갈하게 치우는 것은 몇 시간이 걸리지만 다시 흩트리는 것은 잠시의 일이더라. 다른 때 같으면 청소했던 일이 억울해서 속상했을 법도 했을 터인데 이번에는 날씨와 다투지 않기로 했다.

지난 초하루 법회에서 '수행이란 이해하고 수용하기'라는 주제로 법문을 했다. 삶의 불만이나 의문에 대하여 투정하거나 따지지 말고 인정하고 받아들이면 갈등이 해소될 가능성이 높다. 자존감에서 가장 중요한 것은 '자기수용'이다. 그렇지 않으면 늘 뭔가를 탓하고 비교하는 버릇으로 힘들어진다. 무엇이든 옳고 그름을 넘어 먼저 이해하고 인정하면 마음이 가벼워지고 편안해진다. 예기치 못한 상황이나 이미 일어난 일에 대해서 받아들이고 인정하는 게 성숙한 수행의 태도이다.

우리가 살고 있는 세상을 일러 '사바세계'라고 표현한다. 사바娑婆의 말에는 감堪, 인忍, 대待의 뜻이 숨어있다. 다시 말해 사바세계는 견디고, 참고, 기다려야 하는 것이다. 사람과 사람이 살아가는 세상은 모순과 문제가 있더라도 인정해야 하며, 짜증나고 화나더라도 참아야 하며, 조급해하지 말고 때를 기다려야 한다는 가르침이다. 이렇게 생각의 관점을 바꾸는 것이 삶의 기술이다.

어느 스님이 인생은 '사실학'이 아니라 '해석학'이라고 했는데 공감하는 말이다. 여기 컵에 물이 반이 있을 때, '물이 반밖에 남지 않았다' 하는 것은 사실학의 입장이고, '물이 아직 반이나 남았다'라고 말한다면 해석학의 관점이다. 지금 상황을 어떻게 해석하고 받아들이느냐 하는 것은 각자의 몫이며 아량이다. 그렇다면 사소한 문제 해결은 해석학에 있는지 모른다.

그나저나 어제 비바람이 흩날려 놓은 물건을 오늘 아침 내내 치우고 정리했다. 내가 살고 있는 절 주변은 굴참나무 숲이라서 이맘때가 되면 갈잎이 장난 아니다. 이 갈잎은 무게가 가벼워서 작은 바람에도 이리저리 굴러다니므로 며칠만 그냥 두면 가을풍경이 그다지 고요하지 못하다. 그렇지만 인생은 '해석학'이라 했으니 이번에는 긍정적인 마음으로 낙엽지는 풍경을 받아들이며 올 가을을 정리하고 싶다.

가을이
우리에게 묻는다

도토리 소리를 들으며 가을이 깊어가는 것을 배운다. 도토리가 무르익어 하나둘 떨어질 즈음이면 가을이 성큼 다가와 있을 때다. 그러다가 양철지붕을 시끄럽게 울리며 떨어질 땐 계절이 무르익은 시점이다. 간밤에 바람이라도 불었다 하면 밖에는 온통 도토리 천국이다.

올해는 굴참나무 숲 근처에 어디든 열매가 넘쳐 도토리 풍년이다. 덕분에 동네 할머니들도 주워 가고, 절에 들르는 손님들도 주워서 나눈다. 그렇게 많은 손길이 덤벼도 도토리가 수두룩하다. 가을이 되면 굴참나무 숲이 주는 선물에 감사하며 지낸다.

신심 깊은 동완이 할머니는 팔순이 훨씬 넘었다. 도토리를 몇 날 며칠을 주워서 묵을 만들어 오셨다. 매일 새벽 버스를 타고 절에 와 도토리를 주워 모은 것을 손질하여 햇묵을 쑨 것이다. 팔순 노인이 허리를 굽혀가며 줍는 것을 지켜보았기에 대단할 수밖에 없다. 그러니까 수천 번의 손길이 함축된 음식이다. 묵 한 사발을 먹는 것은 금방이지만 묵 공양을 올리는 사람은 여러 날에 걸쳐 만든 것이다.

그리고 저 건너 효촌 마을 명문화 불자님은 숲에서 주운 생밤을 까서 아침마다 밤톨을 팔아 공양 올리고 있다. 새벽불 켜고 한 톨 한 톨 밤 껍질을 벗겼을 노고를 생각하니 오독오독 씹을 때마다 고마울 뿐이다. 한 톨의 밤이 입 속에 오기까지의 정성을 온몸으로 느끼기 때문이다. 이 일이 벌써 한 달째 이어지고 있다.

한 톨의 쌀이라도 땀이 배이지 않은 것 없겠지만 두 분의 음식은 더더욱 은혜가 깊다. 도토리묵과 생밤을 앞에 두고 새삼 "한 알의 곡식에도 만인의 노고가 담겨 있고, 한 방울의 물에도 천지의 은혜가 스며 있다"는 공양게송이 떠올랐다. 공양물에 숨어 있는 노력과 은혜를 모른다면 수행자의 자세가 아닐 것이다.

법당 주변에 오래된 밤나무들이 많아서 그 숲에 들어가면 몇 시간을 보낼 수 있다. 크고 작은 밤톨을 줍는 재미로 시간 가는 줄 모른다. 숲 주인이 따로 있으나 예전처럼 금줄을 쳐 놓고 출입을 통제하지는 않는다. 절 안에도 밤나무가 있는데 툭툭 떨어지면 동네 사람들이 들어와서 주워도 야단치거나 군소리하지 않는다. 잘못하다가는 절 인심 야박하다는 소리를 듣기 때문이다. 우리 식구들이 남의 땅에서 밤을 줍는 것처럼 우리도 남에게 땅을 내어주는 것이다.

산신각 뒤의 감나무에도 감이 주렁주렁 달려있고, 은행 열매도 가지가 늘어질 정도로 알차게 영글었다. 이즈음에 감을 따서 곶감으로 만들어야 하지만 게을러서 지난해부터는 모른 척 넘어가고 있다. 이러다가 홍시감이 되면 절반은 새들에게 공양 올리고, 나머지는 방문하는 손님들에게 공양 올리면 될 것이다. 자연이 주는 선물이 후하여 이래저래 나눌 것이 많다.

체코의 속담에 "가을이 우리에게 묻는다, 지난여름에 무엇을 했는가?" 하는 물음이 있다. 여름날에 나무 그늘에서 쉬기만 하며 게으름을 피운 사람에게는 가을에 수확할 것이 아무것도 없을지 모른다. 그래서 가을이 지난여름의 일을 되물어 보는 것일 테다. 내 인생의 가을이 왔을 때 자신에게 얼마나 많은 사람들을 사랑했는지, 얼마나 열심히 살아왔는지를 자문해보라. 그 물음에 대한 답은 현재 자신이 무엇을 하고 있는지를 돌아보면 될 것이다.

> 그리운 날은 그림을 그리고
> 쓸쓸한 날은 음악을 들었다
> 그리고도 남는 날은 너를 생각해야만 했다

나태주 시인이 가을날에 읊조린 독백이다. 어느 때보다 소식 뜸해진 그 사람의 안부가 그리워지는 계절. 내 곁에는 지금 구절초와 국화향이 가득하다. 가을꽃이 곁에 있어서 누가 찾아오지 않아도 외롭거나 쓸쓸하지 않고 마음은 언제나 풍요롭다. 이 가을엔 이웃들에게 더 다정해지고 싶고 친절해지고 싶다. 누구를 원망하거나 상처 주는 말도 하고 싶지 않으며, 더불어 나 자신에게는 더욱 겸손해지고 싶기도 하다. 다른 때보다 한 뼘이나 넉넉해지는 마음.

이런 날은 무엇이든 용서할 수 있을 것 같고 어떤 상황도 이해할 수 있을 것 같다. 그리고 만나는 사람마다 사랑한다는 말을 전하고 싶어진다. 빈손으로 서있어도 가슴 가득 행복이 넘친다. 아무리 생각해도 가을은 참 알 수 없는 계절이다.

꽃은 핀다
사람이 보더라도 보지 않더라도

낙엽이 찬바람에 우수수 지는 소리를 들었다. 갈잎들이 마당에 켜켜이 쌓일 정도로 밤새 쏟아져 내렸다. 아주 오랜만에 낙엽 지는 소리를 가까이서 감상했다. 낙엽이 심하게 지는 날은 빗소리인지, 바람소리인지 알 수 없어서 가끔 밖을 내다보곤 한다.

신라의 문장가 고운孤雲 최치원崔致遠이 비오는 가을 밤 타향에서 몸을 뒤척이며 쓴 문장이 있다.

> 가을바람은 쓸쓸하게 불어 울적한데
> 이곳에는 나를 알아주는 벗이 없네
> 창밖엔 밤늦도록 비가 내리고
> 등불 앞의 마음은 만 리나 떨어진 고향 생각

그의 고독을 다독여 준 것은 희미한 등불밖에 없었으리라. 나도 이런 밤엔 쓸쓸한 그림자가 싫어서 졸고 있는 등불을 흔들어 깨운다. 하염없이 낙엽 지는 계절이라 그런지 내 몸도 빈 가지처럼 자꾸 빈 몸이 되어가는 느낌이다. 최소한의 에너지로 겨울을 넘기는 나무와 같이 내 안의 기운들이 다 소진되는 기분이다. 왜 이렇게 물기 없는 사람마냥 시들시들해지는 걸까….

그 이유를 오늘에야 알았다. 이번에 어머니의 초상初喪을 치르고 나니 왜 그랬는지 깨닫게 되었다. 내 생명의 근원이었던 어머니가 이 세상에 존재하지 않기 때문에 몸의 상태가 그토록 무거웠던 것이다. 나무로 따지면 근본 뿌리가 사라졌으므로 가지가 온전할 리 없다. 이 세상의 모든 어머니는 우리 삶의 원천이다. 그러므로 어머니가 세상을 떠났다는 것은 내 인생의 버팀목이 쓰러졌다는 뜻이기도 하다.

고인을 추억하는 슬픔의 시간이 지나고 나면 그리움만 남는다더니 그 빈자리가 더 크게 느껴진다. 우리가 무얼 하더라도 그 능력과 재주는 어머니가 주신 것이나 다름없다. 그래서 내 인생의 절반은 어머니가 가꾸어 준 여정이다. 다시 말해 자식을 위해 베푸는 어머니의 사랑과 정성의 탯줄로 살아간다는 의미다.

어머니는 자식들이 힘들 때 보이지 않는 곳에서 응원하고 격려해주는 존재나. 자식들이 인생의 길을 가볍게 걸어가라며 언제나 우리들 뒤에서 떠받쳐주고 계신다. 그래서 뒤를 돌아보지 않으면 어머니의 존재를 알기 힘들다. 삶의 무게가 힘겨울 때 문득 고개

를 돌려보면 어머니는 등 뒤에서 나를 걱정하며 서 계시기 때문
이다.

　올해 96세로 삶을 마감하신 어머니지만 자식 입장에서는 아
쉽고 죄송하다. 백수를 살아도 더 장수하길 염원하는 마음에서
늘 아쉽고, 많은 세월 동안 어머니를 기쁘게 해드린 것이 별로 없
어 죄송할 따름이다. 더군다나 출가한 신분이라며 효도를 외면한
것 같아서 더 가슴이 미어진다. 막내아들에게 보내준 그 밀밀한
사랑을 보답하지 못하고 거칠던 손을 자주 잡아주지 못해서 자
꾸 눈물이 흐른다. 눈을 감기 전부터 출가한 스님이 보고 싶다…
하며 나를 기다렸다는 속가 형님의 말에 참았던 눈물이 터졌다.
아마도 어머니의 삶 절반은 나를 기다린 세월이었을 것이다.

　어느 해 시골집을 방문했을 때 출가할 무렵의 그 사진을 액자
에 크게 걸어 둔 걸 보고 해가 뜨면 아들 생각을 했으리란 짐작
을 했다. 내가 살고 있는 이곳에 두 번 다녀가셨는데 그때마다 잘
모시지 못해 후회스럽다. 어른이 떠나면 불편하게 해드린 것만 아
프도록 선명해지나보다.

　어머니가 임종한 후 시골집에 들렀더니 대문 주변에 국화가 가

득 피었다가 시들어 있었다. 그토록 국화를 좋아하셨는지 이번에
처음 알았다. 가을이면 어느 꽃보다 국화를 사랑하는 나의 정서
는 바로 어머니에게서 비롯된 것이었다. 이렇게 어머니는 내 인생
과 연결되어 있다.

"꽃은 핀다. 사람이 보더라도 피고, 보지 않더라도 좋다."

미학을 담당했던 일본의 어느 교수가 학생들에게 했던 말이다.
어머니의 사랑은 꽃과 같다. 누가 보든 보지 않던 자식 주변에서
아름다운 꽃을 피우는 위대한 삶이다. 어머니의 영전에 이 시를
빌려 그 삶을 추모할까 한다. 삶의 소풍길이 여러모로 지치고 고
단했을 것이다. 근심 없는 서방정토에 왕생하셨다가 어느 때에 지
구별 여행자로 다시 돌아오길 기도 드린다.

어머니가 떠난 이 가을. 밖에서는 낙엽 지는 소리가 또 들리기
시작한다. 이제는 등불을 켜도 어머니에게 안부 전할 길이 없는
데….

내려놓아라
그러면 가벼워진다

늦가을이 되면 여기저기 흩어져 있는 낙엽 쓸어 모으는 게 하루 일과다. 단풍은 잠깐이고 낙엽은 오래더라. 가을 정취를 위해 낙엽을 그냥 두라는 손님들도 있지만 내 성미는 그렇지 못하다. 낙엽 한 점 없는 정갈한 마당이 좋다. 티끌 없는 고요한 공간을 마주하고 있으면 저절로 미소 짓게 된다. 마치 군더더기 없는 선화禪 畵와 마주할 때 그 기분이다.

지인이 방문했을 때 '정리정돈이 상품이다'는 말을 했더니 깊이 공감했다. 마구 흐트러져 있으면 심난하고 집중도 안 된다. 이러하므로 잘 정리된 여백의 미美가 상품이 된다. 이런 고집 때문에 내 스스로를 힘들게 들들 볶는다. 그냥 둬도 될 것을 쓸고 치우며 정리하는 일을 반복한다.

지난밤 비바람이 불어 낙엽이 흩날리더니 정갈했던 마당이 엉망이 되었다. 마당 주변 숲이 굴참나무 군락지라서 바람이 심한 날은 갈잎이 이리저리 날려 온통 난리를 쳐놓는다. 갈잎은 제자리에 떨어지지 않고 구석구석으로 나뒹굴어 여기저기를 어지럽히는 주범이다. 그렇지만 비질을 하고 난 후의 맑은 고요는 낙엽을 쓸어본 자만이 누릴 수 있는 기쁨이다. 이른 아침부터 밤새 떨어진 낙엽을 정리하고 나니 가을 마당의 조촐한 기운이 다시 살아났다. 힘들어도 매일 몸을 움직이는 이유이다.

감나무가 가을 그림을 연출하고 있어 볼만하다. 잎은 다 떨어졌는데도 잘 익은 감이 주렁주렁 달려 있는 풍경이 산사와 너무 잘 어울린다. 늙은 감나무는 감과 잎이 다 떨어져 가지가 휜히 드러났다. 마치 거추장스런 장신구를 다 없애버린 소박한 몸매를 보는 것처럼 생생하다. 무성한 잎들을 떨쳐버렸으니 저 나무는 겨울바람을 가볍게 감당하리라.

버려야 할 것이 무엇인가를 아는 순간부터 나무는 가장 아름답게 불탄다고 했던가. 생의 절정에서 제 몸의 전부를 버리는 의식이 단풍일 것이다. 만약 단풍이 생에 집착하여 아낌없이 놓지 못하면 겨울바람에 자유롭지 못할 것이고 그렇게 홀가분하지 못할 것이다.

우리네 삶이 버겁고 힘든 것은 어쩌면 버리고 놓지 못하기 때문인지도 모른다. 욕심과 집착을 조금 내려놓으면 그만큼 삶의 무게도 가벼워질 터인데 그게 잘 되지 않아서 애면글면 사는 경우가 많다. 가을 숲은 우리에게 '내려놓아라, 그러면 가벼워진다'는 가르침을 전하고 있다.

풍성하던 나무가 잎을 떨구어 앙상해지듯 나 또한 기력이 소진되는 것 같았다. 그래서인지 달포 전에 한차례 몸살을 앓았다. 시름시름 입맛도 없고 의욕도 없는 것이 기초체력이 바닥까지 고갈된 느낌이었다. 한바탕 고민거리를 짊어진 사람처럼 얼굴도 수척해졌다. 몸살을 앓고 난 뒤 자연의 질서를 보며 새삼 위로받는 일이 많았다. 사람도 자연의 일부라 겨울을 예고하는 신체 작용이라 생각했다. 몸을 단단히 하여 춥고 깊은 침묵의 계절을 건너가라는 신호라 여기고 싶다.

이 가을에 버리지 못한 미련이나 욕심이 있다면 하나둘 정리하고 겨울을 맞이할 수 있게 되길 염원한다. 우리가 죽을 때 자신의 인생이 성공인지 실패인지 무엇으로 판단하느냐는 질문에 아인슈타인은 이렇게 말했다.

"죽음의 문턱에서도 나는 결코 그런 질문을 하지 않습니다. 자연은 기술자도 건축업자도 아니므로 실패도 성공도 없습니다. 나도 마찬가지입니다. 나는 자연의 일부이기 때문입니다."

　우리의 삶이나 신체도 자연의 범주에서 크게 벗어날 수 없다
는 뜻이다. 신체의 리듬이나 인생의 변화도 자연의 순리와 동일하
다는 의미다. 결국 삶의 기술은 어떤 상황이든 자연의 순리대로
받아들일 때 더 빛나는 것이다. 모두가 최선을 다해 열심히 살아
온 세월이기 때문에 성공과 실패로 평가할 수 없다. 달팽이가 느
리다고 말하지만 그 나름의 속도로 가는 것이다. 모두가 자신만의
능력과 속도로 삶의 사연을 만드는 것이다.

　가을은 신호등의 노란불처럼 짧아서 아쉽다. 그래서 누군가는
사계절을 '봄 여─름, 가을 겨─울'로 표현했다. 봄과 가을은 순간
에 지나가고 여름과 겨울은 한참 머문다는 뜻이리라.

지금 보고 듣고
느끼는 것

바람이 불 때마다 낙엽이 우수수 진다. 울창한 참나무 숲에서 갈잎들이 군무群舞하듯 줄지어 내려앉는다. 산신각 근처의 은행잎도 그새 다 떨어지고 미끈한 알몸이 되었다. 이즈음에는 감나무 풍경이 만추의 그림이 된다. 잎을 죄다 떨군 감나무에 붉은 감이 매달려 있는 모습은 그 자체가 하나의 작품이다.

곶감 만들 시기를 놓쳐버리니 주렁주렁 붉은 감이 매달려있는 풍경이 연출되었다. 가을 산사의 정경으로는 이보다 좋을 수는 없다. 몇 해 전 어느 절에서 감나무 풍경에 매료된 적이 있었다. 그때 비로소 고사古寺와 고목古木이 절묘한 정감을 만든다는 것을 배웠다.

이번 봄에 마당의 늙은 감나무 가지치기를 했다. 단순히 잔가지를 정리하는 게 아니라 높게 자란 묵은 가지도 싹둑 잘라내고 수형을 낮게 잡아주었다. 지금은 안쓰럽고 볼품없을지라도 몇 년이 지나면 더 멋지게 자리 잡을 것이다. 나무는 정기적으로 가지치기를 해주어야 더 건강해진다고 한다. 특히 이 감나무는 수령이 오래되어 병이 나기도 했지만 감이 물러서 홍시가 되기도 전에 떨어지는 놈이 많았다. 그래서 가을이 되면 감나무 아래는 늘 지저분하여 가지치기를 고민하던 차였다.

해를 넘기면 움이 트고 새 가지가 뻗을 것이다. 일 년을 기다렸다가 내년 이맘때 새 가지에 접목接木을 시도할 것이다. 본래의 품종이 아닌 지금 감나무와 전혀 다른 감이 열리도록 재주를 부려볼 작정이다. 이런 순서를 거치고 나면 내년 가을쯤에는 더 젊어지고 기품 있는 감나무가 될지 모른다. 오래된 감나무에 작은 산감들이 매달린 모습은 마치 분재 작품처럼 시선을 모을 것으로 기대한다.

그간의 사정과 의도를 모르는 분들은 왜 고목 가지를 싹둑 잘랐냐고 물어보아서 아예 안내문까지 달아 놓았다. 작품을 완성해가고 있으니 삼 년 정도는 지켜봐달라고. 아마도 세월이 지나면 지금의 감나무는 이곳을 대표하는 볼거리가 될 것이다.

근대의 화가이며 수필가로 유명했던 김용준金瑢俊(1904~1967) 선생은 성북동의 한옥을 '노시산방老柿山房'으로 이름 짓고 늙은 감나무 몇 그루를 벗으로 삼았다고 한다. 그의 글에서 감나무와 인연을 소개하고 있는데 처음 이사 왔을 때 감나무 몇 그루가 주인처럼 자리를 지키고 있어서 마음의 위로가 되었고, 세월이 지나면서 자신이 감나무를 위해 사는 삶이 되었다 말하고 있다.

나이테 굵은 감나무와 교감하는 스승의 마음을 알아차리고 제자가 '노시사老柿舍'라 불렀는데 그 이름이 좋아 노시산방이 되었노라 회고하며 노년의 기쁨으로 삼았다 했다. 감나무와 정을 나누었던 고매한 일생이 아닐 수 없다. 내가 살고 있는 산방山房에도 감나무가 많아서 기회가 되면 붓을 들어 노시정사老柿精舍라는 현판을 달 생각이다.

사는 게 별거냐
그늘 좋고 풍경 좋은 데다가
의자 몇 개 내놓는 거여

이정록 시인의 〈의자〉라는 시구절이다. 늦가을이 되면 이러한 생각이 더 간절해진다. 어느 때보다 이런 계절에는 단순하고 고요하게 살고 싶고, 걱정이나 근심도 가볍게 하고 싶다. 그저 풍경 좋은 곳에 앉아서 미소 지을 수 있다면 그게 충만한 삶일 것이다. 그래서 가을엔 거추장스런 삶의 무게를 더 줄이고 싶은 것이다.

'낙타 등에 지푸라기 놓기'라는 영어 표현이 있다. 하나의 무게는 가볍지만 결국 그 무게가 모이면 무거워지는 법이다. 자잘한 근심도 쌓이면 삶이 무거워지듯 일상에서 소소한 기쁨들을 쌓아 삶을 가볍게 해야 한다. 결국 작은 근심이나 걱정을 줄이는 일이 행복의 근원이라는 뜻도 된다. 지금 듣고 보고 느끼는 것이 그 사람의 인생이다. 낙엽 지는 이 가을에 그대는 무엇을 보면서 기쁨으로 삼고 있는지 궁금하다.

불행의 손님이
찾아온다 하더라도

나태주 시인은 11월을 '돌아가기엔 이미 너무 와 버렸고, 버리기엔 차마 아까운 시간'이라고 표현했다. 그렇지만 아직 마지막 한 달이 남아있어서 얼마나 다행인가. 어쩌면 한 해를 마감하고 정리할 기회가 있다는 것은 기회이며 위안이다. 그마저 놓쳐버린다면 시간에 쫓기는 정신없는 삶일 것이다.

인디언 체로키 부족의 달력에는 11월을 '산책하기 알맞은 달'이라 쓰여 있는데, 이 달의 느낌과 풍경을 잘 묘사한 내용이다. 봄의 파종부터 가을 수확까지 무척 분주했을 그들의 입장에서는 늦가을이 되면 다소 여유가 생겨 산책하기에 알맞았을 것이다. 그래서 친구와 나란히 걸으며 낙엽 지는 소리를 즐기는 때라고 말했다.

이것은 현대를 살아가는 삶의 방식에서도 필요한 교훈이다. 지금까지 무엇을 위해 종종걸음으로 살아왔는지, 어떤 목표를 위해 정신없이 달려왔는지를 따져 물어야 한다. 사람이 앞을 향해 달리기만 하면 영혼이 미처 뒤따르지 못한다고 한다. 그래서 인디언들은 말을 달리다가도 어느 지점에서 잠시 머물렀다가 다시 출발하는 의식이 있다.

우리 삶이 동분서주하면 영혼이 지치고 힘들어서 주저앉을지도 모른다. 그러니까 영혼과 동반할 수 있을 정도의 속도로 일하는 것이 좋다. 11월에는 잠시 한숨 돌리면서 바삐 살아온 시간을 돌아보고 지키지 못한 약속이나 밀린 과제가 있다면 한 해가 끝나기 전에 실행하라는 예고이기도 하다.

며칠 전에 〈무현, 두 도시 이야기〉라는 영화를 관람했다. 이 영화는 이미 고인이 된 두 사람, 노무현 대통령과 백무현 화백의 이야기를 다큐 형식으로 제작한 것이다. 두 사람은 우리 사회가 안고 있는 분단의 이념과 지역주의의 한계에 끊임없이 도전하고 있었다. 여기에서 노무현은 "성공한 도전이든 실패한 도전이든 그 도전이 언제나 우리의 역사를 바꾸었다"라고 말한다. 우리 인생에서 도전하지 않는 자는 실패의 경험도 없다. 그러니까 도전 자체를 두려워하거나 겁내서는 안 된다는 메시지.

영국의 역사학자 아놀드 J. 토인비(Arnold Joseph Toynbee, 1889~1975)는 "좋은 환경과 뛰어난 민족이 문명을 만드는 것이 아니라 가혹한 환경이 문명을 낳고 발전시키는 원동력이 된다"고 말했다. 인류 문명은 도전과 응전의 결과라는 사실이다. 어쩌면 자잘한 문제와 고민들은 삶의 리얼리티를 상승시키는 효과가 있을

것이다. 또 맹자는 "지금의 걱정과 근심이 나를 긴장시켜 살리게 만들고, 편안함과 즐거움이 오히려 나를 죽게 할 것이다"는 금언을 남겼다. 어느 민족이나 조직, 또는 자신의 삶에서도 너무 안락하고 보장된 내일을 살면 탄력이 떨어지고 명제가 희박하게 되어 인생의 의미가 나약해지기도 할 것이다.

그렇기 때문에 인생길에서 만나는 여러 가지 변수나 일탈은 도리어 우리 삶을 긴장하게 만드는 생명력이다. 결국 삶의 길목마다 예측할 수 없는 돌발 상황과 실수가 있기에 인간사가 역동적일 수밖에 없다. 중요한 것은 오늘을 사는 일이다. 설령 내가 원하지 않는 불행의 손님이 찾아온다 하더라도 그것을 있는 그대로 받아들이면 된다. 모든 것이 영원하지 않으므로 불행의 손님 또한 때가 되면 내 곁을 떠날 것이기 때문이다. 이것이 지금 여기에서 행복하게 사는 비결이다.

오늘의 행복은
내가 선택한다

겨울을 예고하는 늦가을 비가 요란하게 내리기 시작한다. 때때로 광풍이 몰아칠 때마다 숲에서는 쏴아 쏴아 소리가 들린다. 나무들이 바람을 견디며 좌우로 흔들리는 소리. 의연하게 서있는 저 나무들 때문에 이곳은 골바람이 덜 들이치는 것 같다.

이번 비가 끝나면 추위가 엄습한다는 뉴스에 아침부터 이것저 것 정리를 했다. 동해凍害에 약한 화분들도 안으로 들여다 놓고 그늘막으로 사용했던 파라솔과 의자 등 여름 물건들도 창고에 넣었다. 여름 선풍기가 겨울까지 놓여 있으면 그것 또한 눈에 거슬린다. 그때그때 잘 쓰이다가 철이 지나면 본래 있던 자리에 보관하는 것도 정리정돈의 비법이다. 이제 장작 난로에 불을 지펴야할 때.

일을 하다가 빗줄기가 돋아 방으로 철수했다. 여기서 철수라는 작전 용어를 붙인 것은 식구들이 달려들어 낙엽을 치우다가 비바람에 포기하고 물러났기 때문이다. 날씨가 고요해서 흩어진 낙엽을 비질하여 마당이 아주 정갈하게 될 즈음에 바람 한 줄기가 숲을 흔들고 지나갔다. 순식간에 낙엽이 마당을 다시 어지럽혀 놓았다. 아직까지 잎을 다 떨구지 못한 참나무와 두충나무 녀석들이다. 두 시간의 노력이 단 몇 초 만에 헛수고가 된 셈이다.

어찌 잎이 진다고 바람을 원망하랴. 이때는 이런 상황을 받아들이고 이해해야 옳다. 그래도 잠깐 동안 정갈해진 마당을 보며 행복했으니 그것만으로도 오늘의 일은 다한 것이다. 어제도 오전 내내 비질한 덕분에 정리된 마당을 충분히 즐겼다. 그것으로 어제는 행복했다. 오늘은 또 오늘의 행복을 위해 시작하면 된다.

잊지 말아야 할 것이 있습니다.
여행에서 궁극적으로 가장 중요한 것은
당신이 지금 내딛고 있을 걸음이라는 것을.
그것이 전부입니다….

이 글은 에크하르트 톨레(Eckhart Tolle)의 《지금 이 순간을 살아라》에 나오는 말이다. 인생의 여행에서 가장 의미를 부여해야 할 것은 지금의 행위일 것이다. 현재의 행복은 시점이 지나면 끝나므로 영원할 수 없다. 그러하므로 오늘 행복을 내일까지 기대할 필요는 없다. 다음 날이 오면 또 그날의 행복을 만들어가는 태도가 중요하다. 법문시간에 행복한 인생은 '소원이 없는 사람'이라고 한 적이 있다. 뭔가를 바라고 기대하면 항상 그 수치에 이르러야 행복할 수 있기 때문에 결과는 언제나 제로가 될 가능성이 높다. 따라서 멀리 있는 큰 목표보다 가까이 있는 작은 목표를 설정하는 게 성숙한 사람이다. 이때 그 목표는 어디까지나 자신의 기준이라는 것을 자각해야 좋다. 그래야 "나는 오늘 이만큼 했으니 행복하다"고 말할 수 있기 때문이다.

거듭 강조하는 것이지만 행복은 밖에 있는 것이 아니라 우리 안에 있으므로 현재의 상황을 어떻게 받아들이느냐에 따라서 고통이 될 수 있고 기쁨이 될 수 있다. 바람이 불어 마당을 엉망으로 만들었지만 청소할 때 이미 집중할 수 있었으니 그것만으로도 다행이라며 위로했다. 결국 행복의 기술은 관점의 방향인 것이다. 혜민 스님의 법문을 인용해보면 행복의 기술이 보다 명확해질 것이다.

이미 일어난 일은 바꿀 수 없습니다.
하지만 그 일을 어떻게 해석해서 어떤 방향으로 나아갈지는 내가 결정할 수 있습니다.

나쁜 일도 나를 거듭나게 하는 변화의 전환점으로 여기면 정말로 그렇게 됩니다.

우리 주변에 일어나는 일은 본래부터 행복과 불행의 얼굴로 다가오는 것은 아니다. 다시 말해, 행불행은 실체가 없는 것. 다만 받아들이는 상황에 따라 그 얼굴은 달라질 수 있다는 뜻이다. 설령 남들이 불행이라 하더라도 그 교훈을 삶에서 배울 수 있다면 더 이상 불행이 아니다.

나는 지금부터 빗소리를 들으며 고요한 여정을 즐길 것이다. 인생 전부가 행복할 수 없어도 오늘의 행복은 내가 선택할 수 있기 때문이다.

겨울

·

오후 내내 다실 공간을 정리했다

군더더기 없는 간결한 정원으로 만들고 싶다. 공간에 무언가를 채워서 느끼는 충만보다 비워서 오히려 고요해지는 깊이를 맛보고 싶다.

겨울날 비가 나리는
추억 속에

잠결에 들려오는 빗소리에 잠을 깼다. 처마에서 떨어지는 빗소리가 시끄럽거나 무료하지 않다. 요란스럽지 않게 대지를 적시는 이런 잔잔한 음률이 좋다. 소곤소곤 다가서는 저 소리에 귀 기울이고 있으면 살아있는 우주의 맥박을 느낄 수 있다. 우리의 마음을 저절로 그윽하게 만드는 겨울 빗소리.

오늘은 계획된 일이 없어서 느긋하게 일과를 시작해도 되겠다. 바깥일은 애당초 틀렸으니 독서와 음악으로 시간을 보내도 별 걱정이 없다. 비 예보가 있어 이삼일 시간을 내어 월동 준비를 미리 마쳤기도 하다.

온실에 필요한 화분들을 안으로 들여 놓고, 월동이 가능한 화분은 땅에 묻어 두었다. 이번 가을에 선물로 들어온 국화가 많아 자리를 잡아 심어주면서 겨울을 잘 견디라며 축원해주었다. 공간을 차지하고 있던 화분을 다 치우고 나니까 벌써 한겨울이 온 것처럼 허전하고 쓸쓸하다.

여기 잠시 머물고 있는 스님의 손을 빌려 수국 감싸주는 일을 했다. 수국은 추위에 약해서 보온을 해주지 않으면 꽃눈이 상하기 때문에 내년에 꽃을 볼 수 없다. 지난해에도 보온 덮개로 옷을

입혀주었는데도 바람이 들었는지 가지가 얼고 말았다. 그래서 이
번엔 이중 삼중으로 보온을 하고 볏짚까지 동원하여 마감했으니
괜찮지 않을까 싶다.

어제는 화목火木을 들여와 장작으로 쪼개어 아궁이 옆에 재워
두었다. 겨울 내내 장작의 열을 빌려 난로와 황토방을 따뜻하게
데울 것이다. 장작 일을 언제 다할까 걱정하고 있던 차에 시내에
살고 있는 재영 부자父子가 들어와 도와주어서 수월하게 끝냈다.
이렇게 머리 무거운 일들에 그때그때 도움을 주는 인연들이 생겨
서 고마울 뿐이다. 새삼 청정도량을 유지하는 외호연外護緣의 손
길에 감사하게 된다.

겨울을 알리는 빗소리를 들으며 옛 추억의 상념에 잠기다가 빛
바랜 사진들을 꺼내 본다. 그 사진 속 푸른 시절을 떠올리며 혼자
웃었다. 세월이 쏜살같다. 청춘이 다 지나는 세월 속에 우린 무엇
을 하며 어떻게 살았는가? 동문수학했던 입산入山 동기들이 수없
이 많으나 지금은 연락이 두절되거나 하산한 이들도 있으며 심지
어는 세연世緣을 마친 이들도 있다. 고무신에 걸망 메고 이 산 저
산 떠돌던 운수雲水시절이 어제 일처럼 그립다.

인생의 길목마다 중요한 일이 있고 중요한 사람이 있기 마련이다. 그 시절에는 소중하고 가치 있는 일이었다 하더라도 지금 돌아보면 별일 아닐 수 있다. 그러므로 과거의 일이나 옛사람에게 후한 점수를 주기보다는 지금 곁에 있는 일과 사람을 더 챙겨야 할 것이다. 따라서 지금 내가 하고 있는 일, 오늘 내가 만나고 있는 사람이 내 삶의 속살이다. 또 달리 말하면, 훗날 오늘을 돌아볼 때 이 또한 별일 아닐 수 있다. 그러니 집착하지 않고 지금 충실하게 살 뿐이다. 그것을 빼고는 달리 인생을 말할 수 없다.

기다리면서 빗소리들 듣고
추억을 따라가고
한겨울 눈 아닌 비가 나리며
비는 슬픔을 안고 세계를 돌다가 오는구나
내가 가지 못하는 그 마을 그 집에
지금 비가 오는지는 모르고
겨울날 비가 나리는 추억 속에
남아있는 빗소리는 따라와

지금 오는 빗소리와

마주 닿아 부서지는구나

　나의 스승 월암 대종사의 등단 작품 〈겨울 빗소리〉의 일부다. 이 시를 읽으면 겨울 빗소리에 실려 끝없는 그리움의 여행을 떠나게 된다. 이 시를 중학교 시절에 읽었는데 그 무렵에 출가라는 단어를 처음 알게 되었다.

　평소 은사스님은 고향의 풍경과 동무들을 그리워하여 꽃과 별과 바람에도 향수의 시정을 전하셨다. 빗소리 소슬한 날 툇마루에 앉아 망향의 시를 읊조렸던 우수 어린 그 눈빛이 잊히지 않는다. 마침 작년 이맘때 낙엽 따라 열반에 드시고 계시지 않으니 그 빈자리에 빗소리만 가득하다. 어린 왕자의 삶을 동경했던 노사老師는 피안에서 이곳 빗소리를 듣고 계실지 궁금하다. 아침 빗소리에 아련한 그리움을 실어 보낸다.

고구정녕한
스승의 마지막 당부

스승님이 낙엽 지듯 육신을 훌훌 털고 열반에 드셨다. 생전에 당신이 즐겼던 맑은 바람과 밝은 달이 풍족했으니 나그넷길이 참 가볍고 즐거울 것이다.

> 인생은 한 조각의 꿈
>
> 그동안 살아온 삶이 세월 따라갔고
>
> 세월 속에 나도 따라갈 뿐이다
>
> 맑은 바람 밝은 달 너무도 풍족하니
>
> 나그넷길 가볍고 즐겁구나
>
> 달빛 긷는 한겨울, 복사꽃이 나를 보고 웃는다

나의 스승님이 남긴 열반시涅槃詩다. 평생 시를 짓던 어른이라서 마지막 법문도 한 줄 시로써 당신의 뜻을 전했다. 해맑은 미소를 잃지 않고 선지禪旨와 더불어 시심詩心으로 가꾸어온 삶이다. 돌이켜보니 출가한 뒤로 어른을 가까이서 가장 오래 모셨던 것같다. 어른에게 배운 교훈이 이루 말할 수 없이 많지만 문학적인 감성이나 재능은 아무래도 스승의 은덕이라 할 수 있다.

청년시절 어른의 문학 이념이 좋아서 스승으로 모셨고, 많은 세월을 시봉하며 지냈다. 지인들과 정담 나누시길 즐겨하여 공양 시간이 끝날지라도 자리를 파하지 않고 말씀하는 때가 많았다. 그 덕분에 그 분이 겪었던 학도병 시절부터 홍안紅顏의 수행과정까지 내 기억의 바다에 선명하게 자리 잡고 있다.

세연世緣을 정리하고 떠나는 길을 곁에서 잘 지켜보았다. 가사 한 벌로 수의壽衣 삼아 가시는 모습을 보며 치열하게 살아오신 삶이라는 걸 알았다. 내 눈에 들어온 건 스님의 두 발이었고, 유독 왼쪽 발바닥이 조금 비틀어져 있었다. 그래서 평소에도 신발 한쪽이 먼저 닳았던 모양이다. 결코 순탄하지 않는 인생을 살아오신 흔적 같아서 가슴이 찡해왔다.

그 누군들 숭고하지 않는 인생이 어디 있으랴. 자신에게 주어진 삶의 길을 거부하지 않고 걸어왔다. 그러므로 인생을 성공과 실패로 평가하는 것은 무의미하다. 가난한 삶이든, 영화를 누린 삶이든 그 인생은 마냥 가볍지만은 않았을 것이니 그 어떤 인생이든 훌륭하고 값지다. 한생을 온전히 사는 일은 결코 쉽지 않으니 생의 마감 앞에서는 찬사와 애도를 표해도 아깝지 않다.

한생의 역사가 한 줌의 재로 바뀌는 다비장에서 스승이 전해 주는 최후의 가르침을 받았다. 고온의 불꽃이 사그라들어도 여전히 식지 않는 것은 심장이었다. 오장육부 가운데 가장 늦게까지 타는 것이 심장이라고 한다. 인도의 갠지스강 화장터에서도 그랬다. 어느 때가 되면 펑펑 터지는 소리가 들렸다. 그것을 현지 사람들은 심장이 사라지는 소리라 전했다. 그러니까 심장은 마지막 순간이 되어서야 비로소 친지들과 작별을 고하는 것이다. 아마도 그것은 자신의 인생을 기억하고 추모해주는 인연들에게 남기는 고마움의 인사인지도 모른다.

　겨울철에 장작불을 지펴보면 옹이가 많은 나무는 타들어가면서 펑펑 소리를 낸다. 나는 그것을 나무의 심장이 소멸하는 의식이라고 말한다. 왜냐하면 옹이는 성장과 아픔을 견뎌내고 생의 마디마다 사연을 간직하고 있는 심장이나 다름없기 때문이다. 그 마디가 있으므로 장작 불꽃은 더 간절하고 치열해진다. 나무도 이러할진대 고비와 신산辛酸이 없는 삶이 어디 있겠는가.

　스승의 심장도 그 도리를 일러 주었다. 당신의 구십 평생 수행 길에서 '늘 따스한 가슴을 지니고 살았노라' 선언하는 법문이었다. 그리고 '남아있는 너희들은 숨이 멎을 때까지 따스한 가슴으로 살아야 한다'는 부탁이기도 했다. 단순히 심장이 뛰고 있다고 해서 살아있는 것은 아닐 것이니 무엇보다 따스한 가슴을 지녀야 진정 살아있다고 정의할 수 있다.

김초혜 시인은 "백년 살 것도 아닌데 한 사람 따뜻이 하기 어찌 그리 힘드오"라고 말했다. 순간순간이 생의 축제인 줄 알면서도 가슴 따뜻한 사람으로 살아가는 일. 그것은 쉬우면서도 참 어렵다. 스승의 마지막 당부는 이제 내 삶의 숙제가 되었다.

내가 주인인지
물건이 주인인지

올해 겨울은 포근하다. 아직 동파된 곳도 없고 큰 눈도 없었다. 작년 이맘때 한파와 폭설이 이어져 고생했던 것과 비교하면 이번 동안거는 수월하게 넘어가는 편이다. 지난겨울은 유독 추워서 수도 계량기가 터지기도 했고, 법회에 오는 차량이 빙판길에 미끄러지기도 했었는데 최근까지 맹추위가 없으니 영 겨울답지가 않다.

이대로 봄이 성큼 올 것 같다. 요 며칠 따스한 햇볕을 쬐고 있으니까 춘삼월 전야의 봄기운이다. 그러나 절기로는 아직 입춘 전이다. 정월 보름까지는 동장군이 언제 방문할지 몰라 마음을 놓진 못하지만 겨울이 다 지난 기분이 들어 절기를 다시 확인하게 된다. 산신각 옆 매화나무 아래에 가보았더니 꽃망울이 부풀 준비를 하고 있었다. 이런 날씨가 계속되면 철모르고 화들짝 깨어날까 걱정된다.

어느 해던가. 그즈음에도 철보다 이르게 피었다가 뒤늦은 한파에 꽃이 얼어서 열매가 부실했다. 봄소식을 빨리 보고 싶기는 하지만 그렇다고 계절의 질서를 무시하고 싶지는 않다. 점심 공양 후 윗마을 절에 분재 매화가 피었다 해서 감상하고 왔다. 그곳에서 올해 첫 매화와 대면하며 늦은 시각까지 암향暗香에 취했다. 이

렇게 봄을 일찍 만나고 싶은 선비들은 예부터 실내에서 분매盆梅
를 바라보며 가까운 이들을 불러 매화음梅花飮을 즐겼다.

김승조金崇祖(1598~1632)의 분매도盆梅圖가 유명하다. 그는 매화
를 늘 가까이 두었는데, 자신의 거처 설송초려雪松草廬에도 매화
화분을 마련해 두고 섣달이 되어 매화꽃이 피기 시작하면 친구
들을 초청하였다고 한다. 그의 분매도盆梅圖를 통해 그 시절의 아
취雅趣를 짐작할 수 있어 흥미롭다.

이미 도착한 몇몇 선비들이 초옥草屋의 방에서 꽃을 감상하고
있을 때, 저 멀리 당나귀를 타고 다리를 건너 한 명의 선비가 그
집으로 향한다. 아직은 한겨울이라 소나무 숲은 차갑다. 이런 설
한雪寒에 매화를 보려고 모여드는 선비들 마음은 배울 만하다. 지
금은 꽃이 귀한 시대가 아니라서 이런 풍류를 아는 이가 드물다.

백옥당 매화나무에
꽃이 피어 술잔 들게 하네
온 하늘은 눈보라 속인데
어느 곳에서 이것을 얻어 왔느뇨

조선 숙종 때의 선비였던 임영林泳의 글이다. 그의 거처 백옥당白玉堂에 매화가 핀 광경을 보며 노래한 것이다. 나도 조만간에 날을 잡아 이웃 분재원에서 분매盆梅를 빌려와 곁에 두며 눈 호강을 해볼 요량이다.

✳

내 책상에는 교토를 방문했을 때 구입해 온 책이 며칠째 놓여 있다. 시간 날 때마다 펼쳐보며 봄 풍경을 상상한다. 교토 사찰 정원을 촬영한 사진집과 그 지역의 벚꽃 명소를 소개한 책이다. 이상하게도 나는 일본 정원들이 마음에 들어 자주 방문할 기회를 가진다. 그들은 '선禪의 공간'이라는 주제를 구현하기 위해 사찰마다 특색 있는 정원을 가꾸며 자랑하고 있다.

이런 분위기가 좋아서 내가 사는 이곳도 군더더기 없는 간결한 정원을 가지고 싶어서 노력중이다. 공간에 무언가를 채워서 느끼는 충만보다 비워서 오히려 고요해지는 깊이도 있는 법이다. 이것을 선가에서는 '텅 빈 충만'이라고 표현하였다. 요즘 새로운 생활 방식으로 유행하는 미니멀리즘minimalism도 이와 같은 맥락일 것이다. 이를테면 채우고 모아서 행복해지는 것이 아니라 비우고 버려서 행복해지는 방식이다. 어제는 오후 내내 다실 공간을 정리했다. 오래 묵은 책들은 중고물품으로 내보냈고 이런저런 물건들을 치우거나 버렸더니 공간이 넓어졌다. 꼭 필요한 최소한의 것들만 남겼다.

오대산의 산중 암자에 들렀다가 선객들이 머무는 선실禪室에 앉아보았다. 잡다한 물건들 대신 좌복 하나 오롯이 놓여 있는 그윽한 공간이 오래오래 마음을 위로해주었다. 나도 어느 때가 되면 내 방을 차지하고 있는 일상의 짐들을 모두 옮기고 텅 빈 공간에서 지내고 싶은 소망이 있다. 생활 도구가 단순해지면 삶도 단순해질 것 같아서다.

수행자의 처소에 이것저것 너절한 물건들이 넘쳐나면 청정은 고사하고 속기俗氣가 분분하다. 방을 보면 그 안에 살고 있는 사람의 인품을 들여다 볼 수 있다. 방이 너저분하면 정신도 덩달아 복잡하고 어지럽다.

악착같이
살아 온 삶들

최근에 무릎 건강이 좋지 않아 치료를 받았다. 그동안 팔다리가 불편해서 힘든 적은 없었는데 나이 먹는 하나의 과정으로 받아들였다. 지난 가을에 집을 고치고 나무 옮기는 일을 하느라 작업 현장에 오래 서있었더니 그게 무리이기도 했을 것이다. 어찌보면 50년 이상을 멀쩡하게 사용했으니 이제 관리하고 살펴달라는 신호이기도 하다.

이런 일을 겪으면서 사지四肢가 온전하다는 것은 참 소중하고 고마운 일이라는 것을 새삼 알게 되었다. 어느 한 곳이 고장나봐야 그 소중함을 비로소 알게 된다. 다리 통증이 심할 때는 걸어다니는 일도 힘들었을 뿐 아니라 일상에서 마주하는 계단은 아득한 장애물이었다. 무엇보다 앉고 일어설 때마다 저절로 입에서 '어이구' 하는 소리가 나왔는데, 그때마다 '아고고我苦苦!'라는 소리로 들렸다. '내 몸이 괴롭고 괴롭다'는 암호 같은 것.

다시 말해, 입에서 이런 소리가 나오면 바쁜 일을 잠시 멈추고 휴식을 해야 한다는 뜻이다. 긴 세월 삶의 길에 동행해준 육체에게 격려와 위로를 보낼 시점이라는 것이다. 아울러 열심히 살아온 자신의 그림자에게 토닥토닥 응원하라는 의미. 이번 병고의 시간에 나는 내 그림자에게 '미안하다, 미안하다'는 독백과 함께 감사의 인사를 전했다.

대만 불광사 성운대사는 '당뇨는 빈승에게 가장 오래된 좋은 친구'라며 질병을 통해 배우는 교훈도 있다는 법문을 하셨다. 이 말씀은 질병이 찾아왔을 때 너무 무서워말고 친구 삼아 서로 존중하고 자상하게 돌보면 질병과 신체는 공존하면서 잘 살 수 있다는 뜻이겠다. 삶의 길에서 뜻하지 않게 찾아온 불행은 인생사의 손님이기 때문에 잘 다독여 대접하면 언젠가는 떠난다는 의미다. 결국 행복이든 불행이든 인생 여인숙의 손님일 뿐이다.

강원도 삼척에서 전법과 수행에 몰두하고 있는 친구스님은 몸이 허약해서 다양한 질병을 지니고 있는데 곁에서 보아도 안쓰러울 때가 많다. 최근에는 고질적인 허리병을 고쳐보겠다며 경상도까지 치료하러 다닌다는 소식을 들었다. 그이에게 힘들지 않느냐고 물었더니 치료받을 때마다 이런 명상을 한다고 했다.

'아픈 곳이 여러 군데지만 그래도 아프지 않은 곳이 더 많다.'

그러니까 불편한 부분보다 건강한 기능이 훨씬 많다는 사실에 감사한다는 것이다. 이 명상 방법을 듣고 난 후, 나 역시 병고와

간간히 마주할 때마다 마음의 양약良藥으로 삼고 있다. 어쩌면 육체를 지니고 있기 때문에 병마와 한평생 동행하는 것인지도 모른다. 그렇다면 '살아있으니까 아프다'는 큰 명제에서 이러한 일들을 받아들이고 해결해야 보다 지혜롭다.

한 해를 마무리할 때마다 "지금까지 가장 잘한 일은 죽지 않고 살아있는 일"이라고 말한다. 살아있기 때문에 서로에게 안부와 소식을 물을 수 있다. 저 묘지의 주인공이 되었다면 삶의 호흡은 현재에서 과거로 기록된다. 따라서 성공이나 실패의 잘잘못을 크게 따지지 말고 내 인생에게 후한 점수를 줄 필요가 있다.

청도 운문사 법당에는 '악착 보살'이 조각되어 있어서 눈여겨보게 된다. 아래로 늘어진 긴 줄에 동자 옷을 입은 사람이 매달려 위로 올라가고 있는 형상이다. 밑으로 떨어지지 않으려고 안간힘을 쓰며 한 걸음 한 걸음 줄을 잡고 오르는 모습이다. 이 모습을 보고 후인들은 악착스럽게 매달려 있다고 해서 '악착 보살'이라고 부른다.

우리 인생도 되돌아보면 모두 악착같이 살아 온 삶이다. 너 나 따질 것 없이 각자의 인생 드라마는 실패와 도전의 연속이며 그 사연 또한 구구절절하다. 풍진세상 이 악물고 악착같이 살아온 세월이다. 이러하다면 먼저 스스로의 인생에게 친절해지고 후한 점수를 주어야 옳다. 올 한 해 건강이 잘 유지되어 멀쩡히 살아있다는 사실 하나만으로도 큰 업적이며 성과이기 때문이다.

거듭 말하지만, 우리 모두 사회적인 평가나 업적에 상관없이 험한 세상을 부지런히 살아온 인생이니까 충분히 축하받을 만하다. 이즈음에서 한 해 동안 수고해준 내 육신에게 극진한 예우를 하면서 휴식을 선물하고 싶다.

지금,
어떤 관계인가

지난 가을에 인근의 건물을 어렵게 매입하였다. 애당초 이 건물은 절이 건립되기 전부터 마을 주민이 살던 주택이기도 했지만 절과 마주하고 있어서 무척 신경 쓰였던 사이였다. 그동안 여러 일을 통해 이웃과의 관계에 대해 생각해보는 계기가 되었다.

서양 속담에 '좋은 이웃은 천만금을 주고도 사라'는 말이 있다. 이것은 멋진 집보다는 좋은 이웃을 만나는 일이 중요하다는 뜻이겠다. 이웃을 잘못 만나면 두고두고 골칫거리가 되어 시비에서 자유롭지 못하기 때문이다.

절 근처에 전원주택을 짓고 이사 온 신도가 있는데, 공사하는 과정에서 이웃집과 사이가 벌어져 하루하루가 지옥 같다며 속마음을 털어놓았다. 작은 이해관계가 발생하면 입장 차이가 커 이웃사촌이란 말이 무색해진다.

옛 어른들이 '일이 된 건 참아도 사람 된 건 힘들다'는 말씀을 자주 하였다. 일이 힘든 상황은 며칠 쉬고 나면 회복되지만 사람 사이 관계가 힘들면 달리 방법이 없다는 뜻이다. 더군다나 담을 마주하고 있는 이웃과의 사이가 불편하면 일상이 평화롭지 못할 것이다.

여담이지만, 건물 매입 과정에서 민간에 전해지는 '땅 주인을 바꾸는 비방'이라는 것을 알게 되었다. 그러니까 그믐날 밤마다 자신이 원하는 땅에 막걸리와 동전을 놓고 지신地神에게 공을 들이는 것이다. "여기 땅을 제가 구입할 수 있게 해주십시오" 하고 부탁을 하면 주인을 바꿀 수 있는 기회가 주어진다는 것이다. 막걸리는 지신의 목을 축이라는 뜻이고 동전을 땅에 묻는 것은 계약금을 미리 지불한다는 의미. 물론 이 비방이 옳다거나 특효가 있다는 말은 아니다.

이번에 땅을 매입한 것이 어떤 비방의 힘이라기보다는 시절 인연이 주어진 것이겠지만 그러한 인연을 만들기 위해서는 노력의 과정도 필요하다는 것을 말하고 싶어서다. 대만의 불교지도자 성운대사는 "원력이 있으면 불사가 이루어지고, 불사가 있는 곳에는 인연이 모인다"는 말씀을 자주 하셨는데, 불사 때마다 이 가르침을 실감하고 있다. 왜 그런가 하면 원력이 간절해지면 그 둘레에 인연이 형성되는 이치라서 그렇다.

'누구랑 있을 때 가장 의미 있는가?' 하는 어느 조사기관의 질문에 '자녀와 함께'라는 대답이 가장 많았다. 가족과 친구들이 소소한 행복의 원천이라는 뜻이다. 따라서 가족을 비롯하여 주변 사람들과의 관계가 원만해야 행복의 요소도 증가한다는 설명이기도 하다. 바꾸어 말하면, 사람과의 관계가 불편하면 행복의 요소도 감소한다는 말이다.

행복이라는 건 종종 인문학적 성찰이 필요하다. 그 성찰을 통해 스스로 질문을 만들어내야 한다. 이를테면, 누구랑 있는가? 무엇을 하고 있는가? 어떤 마음으로 존재하는가? 하는 질문도 가능하다. 이러한 질문에 그 답이 명확하다면 그 사람의 행복 지표는 건강하다고 할 것이다.

결국 행복의 핵심은 관계성이라고 봐야 한다. 사람과의 관계, 일과의 관계, 자연과의 관계들이 어둡거나 외롭지 않아야 행복감이 커진다고 할 수 있다. 다시 말해 지금 만나는 사람들이나, 자신이 하고 있는 일이 재미있고 의미 있다면 삶은 생생하고 부드러워진다는 뜻이다. 그러니 신나고 의미 있는 일에 가치를 부여하고 시간을 할애하면 좋을 것이다.

여러 통계자료를 바탕으로 행복 충족이 가능한 일을 정리해보니 여행, 산책, 운동, 자원봉사, 식사 순이었다. 자동차, 컴퓨터, 가

전기기 등의 소비재는 돈으로 채울 수 있지만 우정, 가족, 사랑, 동료애 등의 관계재는 돈으로 가능하지 않을 수 있다. 그러므로 사람과의 관계가 행복에 기여하는 바가 크다 하겠다.

어떤 사건을 겪으면서 그것을 통해 교훈을 얻을 수 있었다면 그 사건은 '고마운 일'이 된다. 과정은 쓰라렸을지라도 결과는 귀중한 경험이 된 셈이다. 지난 몇 년 동안 이웃과 관계가 어색했는데, 새삼 행복의 기본은 관계성이라는 것을 알게 되어 돌아보는 기회를 가졌다.

인생의
손익계산서

중국 명말의 문인화가 진계유陳繼儒가 쓴 《암서유사巖棲幽事》에 "무슨 일을 하면서 해를 보내는가?" 하고 묻자 "꽃 심느라 봄이면 눈 치우고, 글 보느라 밤이면 향 피운다"라는 시구가 있다. 봄이 오길 얼마나 기다렸으면 눈도 다 녹지 않았는데 서둘러 꽃을 심었을까. 그 꽃씨는 은혜를 잊지 않고 꽃으로 피어 선비의 벗이 되어 주었을 것이다. 그리고 적당한 노동을 하다가 해가 지면 향 피우고 불 밝혀 책을 보았을 이 사람의 일상은 단순했지만 정신은 명료했을 것으로 여겨진다.

이러한 삶을 추구했던 선비에겐 한 해의 일이 그다지 번잡스럽지 않았겠지만 지금 사람들은 무척이나 다사다난한 세월을 보내고 있다. '한 해 동안 무엇을 하며 바쁘게 보냈는가?' 하고 우리들에게 묻고 싶다. 아무리 정신없어도 봄에 꽃씨를 심지 못했거나 독서할 여유마저 없었다면 일에 떠밀려 부표처럼 살아온 날들이었을 것이다.

고사에 '끽휴시복喫虧是福'이라는 말이 있다. 손해 보는 것이 오히려 복이 된다는 뜻이다. 달리 표현하면 '밑지는 게 남는 것'이라는 가르침이다. 청나라 때 벼슬을 지낸 관리가 있었는데 친척으로부터 편지를 받았다. 그 내용은 이웃과 담장 문제로 시비가 붙었으니 공직에 있는 당신이 도움을 달라는 것이었다. 이때 답장으로 끽휴시복을 적어 보냈다고 한다. 즉, 내가 조금 손해 보면 나중에 복 받을 일이 생길 것이라고.

이 사람이 청대淸代 중기의 화가 정섭鄭燮(1693~1756)이다. 무얼 그리 이기려고 하느냐? 지금은 손해보고 지는 것 같아도 시간이 지나면 이익될지 누가 아느냐? 설령 이익으로 돌아오지 않는다 하더라도 그것은 누군가를 도왔기에 복이 된 것이 아니겠는가? 하며 설교했다.

살다보면 작은 이익을 탐하려다 왕창 손해보거나 크게 망치는 일이 생기기도 한다. 이와 달리 손해보는 셈 치고 따지지 않았던 일이 도리어 이익을 주는 경우도 있다. 그러므로 인생사에서 이익과 손해의 구분선은 불분명한 법이다. 매사 남기려고 하니까 힘들고 어렵다.

달이 찼다는 것은 기울 때가 된 것이고, 기울었다는 것은 찰 때가 된 것이다. 언제 상황이 바뀔지 모르는 게 인생 그래프다. 부자가 어느 순간 망할 수 있으며 가난뱅이가 어느 시점에 부자가 될 수 있다. 돌고 도는 인생이니, 넓게 보면 크게 남는 것도 없고 크게 밑지는 것도 없는 셈이다.

그러니 굳이 더 많이 남기겠다고 아등바등할 필요가 없다. 이왕이면 밑지는 게 낫다. 왜냐하면 싸워서 이기는 것보다 좀 밑지고 살면 나도 편하고 저도 편하기 때문이다. 바보의 계산법이 될지 모르겠으나 밑지는 게 오히려 복이 되니까 종래엔 더 많이 남는 것이다. 그러므로 조금 손해 보는 마음으로 사는 것도 삶의 지혜다.

사람이 죽으면 염라대왕 앞에 나아가 인생의 손익계산서를 보고해야 한다고 들었다. 남에게 무엇을 도와주었고 자신은 얼마를 남겼는가를 솔직하게 말하는 것이다. 종종 틀리게 말하는 이들이 있어서 염라대왕은 업경대業鏡臺라는 거울로 그 사실을 검증하게 한다. 그러니까 사후에는 자신의 인생행로가 거짓 없이 드러나는 것이다. 평소에 남을 속이며 남기는 장사만 했다면 인색했던 인생으로 판명날 수 있다. 참 무섭지 않은가.

당신, 참 애썼다.

사느라, 살아 내느라,

여기까지 오느라 애썼다.

부디 당신의 가장 행복한 시절이

아직 오지 않았기를 두 손 모아 빈다.

　이 글은 정희재의 에세이 〈어쩌면 내가 가장 듣고 싶었던 말〉에서 메모해 둔 것이다. 한 해를 정리할 시점마다 이웃들에게 전하는 인생 위로다. 올해도 며칠 남지 않았다. 밑지는 인생이든, 남는 인생이었든 열심히 살아오느라 모두들 애썼다. 그렇지만 이왕이면 밑지는 인생이 더 나은 삶이다.

사랑은
불같은 것이란다

방금 전까지 아궁이에 군불을 한 가득 지피고 방으로 왔다. 내일 방문할 손님이 있어 미리 방을 데워놓아야 하기 때문이다. 몇 년 전 구들장을 시공하면서 무슨 실수가 있었는지, 금방 데워지지 않고 반나절쯤 지나야 반응이 온다. 그래서 오늘처럼 미리 군불을 넣어야 다음 날 따끈따끈한 온도를 누릴 수 있다. 오래전 송광사에 살던 때, 아궁이 있는 방에서 지냈는데 그때는 불을 지피고 한두 시간 안에 훈훈한 기운이 넘쳤는데 여기 아궁이는 그렇지 않다.

구들장을 잘못 놓으면 열전도가 효과적이지 못해 땔감 손실이 많다. 경기도 산골에 살고 있는 친구가 모처럼 기술자의 솜씨를 빌려 구들방을 만들었나본데 적은 연료로도 보온이 뛰어나다며 자랑했다. 그렇다고 그 기술자를 소개받아 방바닥을 다시 파헤치기도 곤란하여 손보지 않고 사용 중이다. 다행히 이번 겨울엔 땔감이 넉넉하여 장작 걱정 없이 방을 데울 수 있게 되었다.

가을 낙엽을 자루에 담아놓았다가 불쏘시개로 쓰니 유용하다. 그리고 소나무 가지치기 했던 생나무도 있어서 올핸 따로 장작을 사들이지 않았다. 겨울철엔 장작이 아궁이의 양식이라서 든든하게 쌓아두지 않으면 은근 애타는데, 올해는 여기저기에서 구해온 땔감들이 넘쳐나서 한시름 놓았다. 잘 마른 나무로 첫 불을 살리고 나서 어느 정도 화력이 강해지면 생나무를 넣어두면 오래 타고 불길도 깊이 들어간다.

굴뚝에 달아 놓았던 환풍기가 고장 나서 새것으로 바꾸었더니 불이 한결 잘 먹힌다. 그렇지 않으면 연기가 아궁이 쪽으로 역류하여 눈물 콧물 다 쏟는다. 아궁이에 연기가 자욱하다가도 환풍기를 돌리면 굴뚝으로 쏙 빠져 나가니 불 피우는 일이 쉬워졌다. 옛 사람들은 구들을 어찌 설계했는지 궁금하다. 지금이야 환풍기의 힘을 빌린다지만 그 시절엔 굴뚝으로 연기가 잘 빠져나가도록 기술을 발휘해야 했을 것이다.

평소 아궁이 있는 방 하나를 꼭 지니고 싶었기에 손님방을 건축할 때 한 칸은 구들을 놓고 황토로 벽을 만들었다. 그 덕분에 황토방을 이용하는 손님들의 반응도 좋다. 보일러로 데운 방과 장작으로 대운 방의 온도는 정서적으로 많이 다르다. 불은 양陽이고 돌에서 기氣가 나오는 원리이므로 구들방은 양기를 받을 수 있는 가장 효율적인 난방장치인 셈이다.

흙과 나무가 지닌 생명력과 정서는 그 어떤 기계로 대신할 수 없을 것이다. 인연이 되어 건축할 기회가 또 생기면 흙, 나무, 돌을 재료로 오두막을 시도해볼까 한다. 자연에서 빌린 재료만 사용하여 집을 짓고 그 속에 깃들어 살면 정서도 순화되고 건강에도 좋을 것이다. 그래서 그 집엔 아궁이를 고집할 것이며, 화장실은 재래식으로 외부에 둘 생각이다. 샘물이 가까이 있는 지형이라면 더 좋겠다. 아궁이에 불을 지피고, 재래식에서 볼일을 보고, 샘에서 물을 길어다 쓰면 될 것이기 때문이다. 물론 이러한 생활구조는 조금 불편하겠지만 기꺼이 감수하고 받아들일 생각이다. 내 인생의 어느 지점에서 한번은 시도해볼 계획이다.

몇 년 전 인근에 살고 있는 젊은 도예가의 집을 방문하고 나서 이런 계획이 아주 불가능한 것은 아니구나 하는 생각을 했다. 이 친구는 옛 주인이 사용하던 우물도 복원해 놓았고, 흙집으로 작업장을 만들었으며, 해우소는 별도로 건축하여 집 안에 두지 않았다. 이것이야말로 '신新아날로그' 생존이다. 너무 편리함에 익숙해 있으면 그 편리함을 주는 원천 기술이 중단되었을 때 모두 바보가 되거나, 기술에 구속되어 살아야 한다. 그 기술 없이는 아무

것도 못하는 시대가 오는 것이다. 누구의 손을 빌리지 않아도 불편함을 해결할 수 있는 구조가 독보적 기술이라는 생각이다.

군불 지피고 난 뒤 굴뚝으로 피어나는 저녁연기를 보는 일도 산거山居의 여유다. 지붕 굴뚝마다 피어오르던 고향 동네의 풍경들. 그 연기가 시골 정취를 느끼게 한다. 그리고 큰 불이 다 타고 숯불만 남았을 때 그 앞에 앉아서 온기를 쬐는 일도 좋다.

일전에 어느 유명 배우가 이곳 황토방 신세를 진 적이 있는데 아궁이 앞에 앉아있는 그 시간이 인상 깊었다며 거듭 방문하기도 했다. 박노해 시인이 히말라야 기행을 할 때, 어머니와 어린 딸이 불을 지피며 밥 짓는 장면을 촬영하다가 "딸아, 사랑은 불같은 것이란다. 높은 곳으로 타오르는 불같은 사랑. 그러니 네 사랑을 낮은 곳에 두어라" 하는 글을 남겼다. 높이 타오르는 불은 산림을 태우지만 낮게 타오르는 불은 양식을 만들 수 있다. 타닥타닥 타오르는 장작불을 볼 때마다 사진 속 그 장면이 잊히지 않는다.

나를 지탱하는
고임돌이 필요하다

이번 겨울에는 돌탑 하나를 완성해볼 생각이다. 바람 불고 눈 오는 날은 쉬었다가 햇살 좋은 날 집중해서 하나하나 돌을 놓는다. 이 일은 내가 하는 것은 아니고 잠시 머무는 후배스님이 솜씨를 발휘하는 것이다. 나는 옆에서 거들며 말동무나 해주고 있다.

동안거冬安居 수행 삼아 탑을 만드는 중이다. 옆에서 지켜보니 만만한 일은 아닌 듯하다. 탑 돌은 대부분 강가에서 주워 온 것들로서, 네모꼴의 납작한 돌이 쓰임새가 있어서 틈날 때마다 강변을 걸으며 수집했다. 요즘은 산책길에서도 돌만 눈여겨보다가 재료로 쓰일만한 것은 몇 개 가져오기도 한다.

한번은 옆 계곡으로 가서 모양과 상관없이 크고 작은 돌을 한 수레 싣고 왔다. 그 쓰임새가 각각 따로 있기 때문이다. 모양이 반듯한 큰 돌은 바닥 기초로 쓰이고 작은 돌은 외형을 만드는 데 필요했다. 그리고 수레에 가져온 못난 돌은 탑 속을 채우는 데 사용했다. 세상엔 쓸모 없는 돌이 없다는 생각이 들었다.

이러한 과정을 보며 '공든 탑이 무너지랴' 하는 격언을 몸소 배웠다. 성질 급한 내 입장에서는 며칠 만에 몰아쳐 쌓아버리고 말 것 같은데 후배스님은 서둘지 않는다. 돌 한 줄 놓고 멀리 떨어져

처다보며 한참 살피다가 수정하는 식이었다. 어떤 때는 한 칸 쌓는 데 하루가 걸리기도 하다가 어떤 날은 아예 탑 근처도 얼씬하지 않기도 한다. 어젯밤에는 헤드랜턴을 쓰고 늦은 시간까지 일하는 것을 돕다 들어왔다. 그 스님의 지론은 서두르면 탑이 쉽게 무너진다는 것이다. 공 들인 만큼 튼튼하다는 말씀.

이 일을 하고 있으니 이웃 절 스님이 현장을 다녀갔다. 자신의 절에도 원통형 돌탑을 쌓았는데 몇 달 후에 무너졌다는 것이다. 이곳 과정을 보며 공력이 부족했던 것이 탑이 무너진 원인임을 알게 되었다 했다. 장비와 인부를 동원하여 삼 일 만에 탑을 완성했다고 하니 남 일 하듯 마구잡이로 했을 것이다. 작은 돌탑이라 하더라도 서로 아귀가 잘 맞아야 의지하며 적당한 균형을 이루는 것일 테다.

이정록 시인은 그의 시 〈더딘 사랑〉에서 "그대여 모든 게 순간이었다고 말하지 마라. 달은 윙크 한 번 하는 데 한 달이나 걸린다"며 무엇이든 시간과 정성이 필요하다 했다. 삶의 역사에서도 더디게 가야 알차게 되는 일이 많다. 돌탑을 더디게 완성해가는 것도 이러한 뜻이 숨어있다.

돌탑을 만들어보면 고임돌이라는 게 있다. 돌의 수평이 정확하지 않을 때 고임돌 하나를 잘 받쳐주면 그 돌은 중심을 잡고 흔들리지 않는다. 고임돌은 비록 작은 존재지만 큰 돌을 지탱하는 중요한 역할을 한다. 우리네 인생에서도 나를 지탱하는 고임돌이 꼭 필요하다. 큰 소원을 바라고 있으면 그 소원이 이루어질 때까지의 고임돌이 있어야 가능하다. 그러니까 자잘한 일들이 먼저 받쳐주어야 행복의 돌탑이 완성되는 것이다.

이번에 돌을 옮기다가 손가락 마디에 멍이 들었는데 거의 일주일을 불편하게 지냈다. 내 일상의 고임돌 하나가 역할을 못했으므로 일상이 편하지 못했다. 이렇게 고임돌 역할을 하는 일들이 주변에 아주 많다. 그러니까 작은 행복이 고임돌이 되어야 큰 행복도 이루어진다는 것이다. 지금 삶이 불행하다면, 고임돌 하나가 빠진 것인지도 모른다. 그럴 때 위로가 되는 고임돌 하나를 받쳐주면 방향을 잡고 바로 설 수 있다.

불교에서 불행의 독소를 말할 때 '탐진치貪瞋癡'로 설명한다. 과욕(貪)과 분노(瞋)는 우리를 불행으로 이끌 가능성이 높다. 그런데 어리석음(癡)은 왜일까? 어리석다는 표현을 '망설임'으로 해석하

면 그 뜻이 분명해진다. 삶의 언저리에서 어떤 결정을 내리지 못하고 망설이게 되면 상황이 더 악화되는 경우가 있다. 이러지도 못하고, 저러지도 못할 때 생기는 불행을 말한다. 이런 점에서 우리 인생의 절반이 망설이다가 허비하는 시간일지 모른다. 심지어 식당 메뉴판 앞에서도 무엇을 주문할지 잠시 망설이지 않던가. 행복의 요점은 이러한 불행의 독소를 정화시키는 일이다.

밖에서는 벌써 돌 다듬는 소리가 난다. 오늘은 작업을 일찍 시작했나보다. 뭐든 하루아침에 후다닥 완성되는 일은 없다. 매일매일 돌탑을 차례차례 올리듯 차근차근 이루어지는 것이다.

꽃이 피는 시기가
다를 뿐이다

어제 고등학교 학부모들이 다녀갔는데 아이들 진로 문제가 뜻대로 되지 않는다며 이런저런 고민 보따리를 풀어놓았다. 자식에 대한 염려와 고민은 이 땅 모든 어버이들이 짊어진 멍에 같은 것이다. 그 누군들 자식 걱정을 빼놓고 살아가는 인생이 있으랴. 인생의 마지막 공부는 부모가 되는 것이라는 말이 있다. 그만큼 자식을 키우는 일은 애가 탈뿐더러 정답도 없다.

그들에게 위로의 말을 전하고 싶다. 이를테면 목표하는 대학에 진학하지 못했거나 재수를 시작하며 실의에 빠진 젊은 친구들에게 건네고픈 말이기도 하다. 또한 청춘은 그만한 일로 풀 죽거나 어깨 움츠릴 시기가 아니기 때문에 패잔병처럼 다니지 말라는 격려이기도 하다.

모자란 게 아니야
아직 덜 채워진 거야

늦은 게 아니야
아직 도착하지 않은 거야

못 피운 게 아니야

안 핀 꽃 일뿐이야

　서재석 작가의 《젊은 새벽의 서재》에서 인용한 글이다. 인생 출
발선에서 하루 늦게 걷는다 해서 큰 손해는 아니다. 종착지에 누
가 먼저 도착할지는 아무도 모르기 때문이다. 살아온 날보다 살
아 갈 날이 더 많은 청춘의 입장에서 조바심 낼 필요가 없다는
뜻이다. 멀고 긴 인생길에서 빠른 것과 느린 것은 결과적으로 큰
차이가 없다. 살짝 더디게 가는 것을 실패라고 말하지 않는다. 그
러니 오가는 걸음걸이에 천근만근의 무게를 담지 마라.

　이 세상은 커다란 학교다. 부딪히고 경험하며 배우는 일이 더
많다. 사람은 넘어지고 깨지면서 더 단단하게 성장하는지도 모른
다. 비록 하찮은 것일지라도 인생의 소중한 경험이 되는 까닭이다.
결국 실패를 통해 성공의 지혜를 얻게 되는 것. 그러므로 젊은 날
의 빠른 성공이나 유명세를 부러워할 필요 없다.

　율곡栗谷 이이李珥(1536~1584) 선생은 약관의 나이에 입신하는
것을 조심하라고 했다. 젊은 날의 명예는 자칫 자만과 허영에 빠

저 동력을 상실할 위험이 크다는 뜻이다. 인생 운동장은 중반 이후 예측할 수 없는 변수와 사건들이 돌출하는 게임이기 때문이다. 이런 점에서 나는 법륜 스님의 가르침을 즐겨 외운다.

실패해도 괜찮아, 왜냐하면 도전하면 되니까!
몰라도 괜찮아, 왜냐하면 물어보면 되니까!
틀려도 괜찮아, 왜냐하면 고치면 되니까!

젊다는 것은 기회가 많다는 의미다. 한 번 넘어졌다고 인생 패배로 규정할 수 없다. 중요한 것은 땅에서 넘어진 자는 일어서는 법도 동시에 배운다는 사실이다. 두려울 게 뭐가 있는가. 실패하면 다시 시도하면 될 것이고, 모르면 또 물어보면 될 것이며, 설령 틀렸다 하더라도 고치면 될 것이다. 그게 청춘이 지닌 무한한 가능성이며 희망이다. 오십이 넘은 이 나이에도 탐구와 도전이 늘 꿈틀대는데 청춘들이 벌써 고개를 숙인다면 젊은 날에 대한 큰 결례이다.

눈물과 한숨으로 시간을 낭비하지 말고 오늘 하루 내게 오는 경험들을 저항하지 말고 감사히 받아들여라. 저항하지 말라는 것은 지금 상황을 인정하고 있는 그대로 받아들이라는 의미다. 그럴 때 그 일에 대한 원인과 해법을 정확히 찾을 수 있으며 그 경험을 통해 한 단계 도약할 수 있다. 실패했다고 크게 좌절할 필요가 없다는 말이다. 내가 학생일 때 집안 어른들이 '이 녀석아, 살아갈 날이 구만 리인데 무슨 걱정을 혼자서 다 하냐?' 했던 기억이 난다.

지금은 불확실한 미래로 불안하겠지만 나중에 나이 들어 돌아보면 그 시절이 가장 빛나는 때라는 걸 알게 된다. 인생길에 고난과 장애가 없으면 얼마나 좋으랴만 그런 길은 애당초 없다. 남의 인생사를 슬쩍 들여다보면 평탄하게 걸어온 것 같이 보여도 그 속내는 몇 번이나 산을 넘고 강을 건넜을 것이다. 그러므로 내 인생에만 걸림돌이 많다고 투덜대지 말라. 뭐든 쉽게 이루어지면 삶이 시시하고 교만해진다.

이 세상엔 못난 꽃은 없다. 꽃은 다 예쁘다. 다만 그 꽃이 피는 시기와 계절이 다를 뿐이다. 우주적 관점에서 우린 누구보다 우월하지도 않고 열등하지도 않다. 현재 자신의 인생이 보잘것없다며 주눅 들 필요가 없다. 세상은 돌멩이 하나부터 못 하나까지 자기의 역할이 있고 쓰임새가 따로 있다. 크고 작은 차이일 뿐 본질적으로 우열은 없다.

인생은 사회적인 성공과 실패보다는 개인적인 열정과 봉사로 평가받는 게 더 중요하다. 노년의 산마루에 이르면, 삶의 순간마다 얼마나 열정이 있었냐고 다그쳐 물을지 모른다. 그러므로 젊은 날의 뜨거운 심장과 활화산 같은 열정으로 성공과 실패라는 획일적 기준에 가두지 말고 끊임없이 실험하고 도전하라. 그게 청춘이 지닌 특권이다.

올해 얼마나
행복했습니까

아침나절 내내 낡은 전등을 새것으로 교체했다. 옛 주인이 시설해놓은 오래된 전등을 사용하고 있었는데 불빛도 희미할뿐더러 전기세 부담이 커서 기회가 되면 바꾸고 싶었다. 마침 일손을 보태줄 지인이 방문한 틈을 타서 재료들을 내놓았다. 여러 곳 전등을 교체하고 나니까 어두운 구석도 사라지고 대낮같이 밝고 환하다. 이제는 침침한 등불 아래서 책 볼 일이 없어졌다.

사소한 불편이 해소되면 은근히 기분이 상쾌해진다. 손가락에 작은 가시가 박혀 있으면 크게 아프지는 않아도 성가시게 마련이다. 이와 같이 일상에서 경험하는 소소한 숙제들을 해결하고 나면 달라진 것에 새삼 고마워하게 된다. 이것저것 돌아보면 생활 주변에 크게 불편하지 않다는 이유로 고치는 일을 미루거나 묵혀놓고 사는 경우가 많다.

지난달에는 변기 물 내리는 꼭지가 고장 났던 것을 수리하였더니 해우소 가는 일이 가벼워졌다. 이 일도 깜빡깜빡하다가 몇 달 만에 고친 것이다. 법당 문풍지도 겨울 오기 전에 마쳐야 하는데 게으름 피우다가 얼마 전에 마무리했다. 내일은 처마 아래로 빗물받이를 설치하기로 약속을 잡아놓았다. 그 일을 마치고 나면 비 내리더라도 신발이 비바람에 젖지 않을 것이다. 크게 불편하지 않으면 우선순위에서 밀려나는 것 같다.

어쨌거나 사소한 불편함을 해결하고 나면 한동안 행복하다. 이런 이유 때문에 '행복은 강도가 아니라 빈도'라는 말이 생겼나보다. 행복은 '한 방' 크게 날리는 것이 아니라 '여러 번' 찾아오는 횟수가 더 중요하다는 것이다. 따라서 사소한 불편을 자주 해소하는 것 또한 행복의 요건이 될 수 있다는 것을 말하고 싶다.

올해 동지법회를 주관하면서 행복을 주제 삼아 이런저런 이야기를 전했다. 그 자리에서 "올해 얼마나 돈 많이 벌고, 성공했습니까?"가 아닌 "올해 얼마나 행복했습니까?"라고 물었다. 이 질문은 삶의 방향이 어느 곳으로 향하는지 점검해보라는 의미였다. 온통 돈이나 성공에만 집중되어 있었다면 삶의 행로가 참 피곤했을 것이다. 그렇지 않았다면 즐거운 산책길이 되었을 가능성이 높다. 그러므로 한 해를 정리할 때 삶의 과정이 '얼마나 행복했는가?'를 물어보아야 옳다.

✳

이번 연말에 미얀마를 세 번째 다녀왔다. 남방불교의 전통과

원형이 잘 보존되어 있는 그곳은 아주 느리게 흘러가고 있었다. 그렇지만 그들은 가난의 지표 때문에 불행해 보이지는 않았다. 반면 그들보다 개인소득이 월등히 높은 우리는 과연 더 행복한가 하는 생각이 들었다. 경제성장이 반드시 행복의 절대 기준이 될 수 없다는 것은 이미 확인된 사실이다. 그렇다면 삶의 방향과 가치관을 바꾸어야 행복의 이정표와 대면할 수 있다.

행복의 반대말은 '불행'이 아니라 '불만족'이다. 지금, 행복하지 못하다면 그 원인은 만족하지 못하는 습관 때문인지도 모른다. 다시 말해 남과 비교해서 생기는 상대적 빈곤감이 행복을 방해하는 요인이라는 뜻이다. 이웃을 돌아보아도 비슷한 수준으로 살고 있다면 그다지 시샘이 나지 않을 것이다. 그러나 비교될 만큼 차이가 나면 경쟁의 대상이 된다. 미국 속담에 '이웃집 잔디가 더 파랗다'는 표현이 있다. 이것은 똑같은 상황인데도 남을 더 부러워하는 심리를 지적한 것인데, 남의 떡이 언제나 커 보이는 법이다.

우리가 느끼는 가난은 어쩌면 가진 것이 없어서가 아니라 더 소유하지 못하는 열등감 때문이 아닐까? 미얀마 사람들은 '주고받는 정신은 행복을 잉태한다'는 격언을 즐겨 사용한다. 여기에 행복의 비결이 숨어있다. 도와주고 나누는 삶이 행복지수를 높인다는 것이다. 불교식으로 따지면 '보시'와 '회향'을 조화롭게 할 때 그 사람은 행복의 대열에 합류할 수 있다는 말이다.

미국의 기업인 겸 자선사업가 앤드류 카네기(Andrew Carnegie, 1835~1919)는 자서전에서 "내가 가장 부끄럽게 생각하는 것은 '그는 부자였다'는 말이다"라고 했다. 이것은 무엇을 소유하기 위해 일하지 않았다는 뜻일 테다.

그렇다면 어느 정도의 재산을 가져야 할까? 그 사람의 인격만큼 재산을 지녀야 뒷탈이 생기지 않을 것이다. 인격이 덜된 사람에게 거액이 주어지면 그 복을 수용하지 못해서 도리어 화근이 되는 까닭에 그렇기도 하다. 중요한 것은 삶의 방향과 행복의 본질은 무엇을 소유하는 것에 있지 않다는 것이다.

좋은 일을
겸허히 맞이하라

이번 동지冬至 절기엔 날씨가 그다지 춥지 않았다. 뉴스에서는 강원도 황태가 얼지 않아 덕장이 텅텅 비었다 하고, 겨울축제도 얼음이 없어 연기했다는 소식이다. 올해처럼 겨울 추위가 기다려진 때도 없었다. 추워야 될 때가 있고 더워야 될 때가 있다. 이런 질서가 어긋나면 자연생태에도 영향이 미치는 것이니 그런 피해는 고스란히 인간이 받는다. 음력 섣달이 낼 모레인데 아직 첫눈도 오지 않았다.

이런 저런 걱정을 하며 대중들에게 동지를 맞이하는 심정을 전했다. 연말이 되면 이웃 종교엔 크리스마스가 있어 한 해를 마감하는 감사의 찬송을 부르고 있다. 이에 견주어 우리 조상들이 연말에 즐겼던 기념일은 동지였다. 동지 때엔 '원화소복遠禍召福'이라는 축원을 건넨다. '나쁜 일은 다독여 보내고 좋은 일을 겸허히 맞이하라'는 뜻.

그러니까 일 년 동안 힘들고, 서운하고, 상처받았던 일들은 역사 속으로 흘러보내고, 다가오는 새해엔 더 기쁘고 흐뭇한 소망이 이루어지길 기대하는 의미를 담고 있다. 아울러 내가 남에게 상처주고 잘못한 일들을 사과하고 반성하겠다는 다짐도 숨어있다. 지금껏 우비고뇌憂悲苦惱(괴로움과 번뇌를 말함)가 많았겠지만 지나고 나면 모든 일이 교훈이 되고 스승이 된다. 그러니 크게 억울할 것은 없다.

> 12월에는 등 뒤를 돌아보자
> 내 그립고 눈물 나는 것들은
> 다 등 뒤에 서성이고 있으니
> 그것들이 내 등을 밀어주며
> 다시 나아가게 하는 힘이니

감성 시인 박노해의 송년사다. 그 어떤 일이든 결국은 나를 나아가게 만드는 힘이 된다. 그것이 슬픔이나 상처일지라도 어떤 식으로든 깨우침이 된다. 그러므로 아무리 힘든 때를 만나도 세월이 어루만지고 나면 아물게 되고 회복되기 마련이다.

여러분들의 한 해는 어떠했는가? 드라마 〈도깨비〉의 명대사를 소환해보라.

너와 함께한 시간, 모두 눈부셨다.

날이 좋아서, 날이 좋지 않아서, 날이 적당해서 좋았다.

그 어떤 날이었든 그 모든 날들은 내 인생의 아름다운 날이다. 이미 지나간 날들은 다시 돌아올 수 없으므로 더 눈부신 날이 아닐 수 없다. 비가 오고 바람 부는 것이 중요한 것이 아니라 그 속에서 함께 존재했기 때문에 눈부셨던 축제인 것이다. 그렇다면 한 해를 정리할 때 성공과 실패는 따질 수 없다. 자신의 역사가 아직 마감되지 않았음에 감사할 뿐이다. 현재진행형인 역사는 완전한 성공도 실패도 없다는 사실을 기억해야 한다.

동지를 기점으로 낮이 조금씩 길어진다. 어둠이 정화된다는 의미다. 그래서 동짓날 정갈한 마음으로 기도하는 것은 나와 사회가 보다 밝은 곳을 향하도록 기원하는 의식이다. 이즈음이면 세속에서는 '연말정산'을 한다고 바쁘다. 수행인의 입장에서는 물질의 성산이 아니라 마음의 정산을 해봐야 옳다. 즉, 마음을 얼마나 비웠는가 하고 결산해보는 것이다.

새해 소망을 들어보면 모두가 무엇을 이루어달라고 요구한다.

누구나 할 것 없이 무엇을 달라고 한다. 자꾸만 달라고 손을 내밀면 평생 '거지' 역할만 하게 되고 그 신세를 면하기 어렵다. 부자가 되려면 무엇을 주는 입장이 되어야 한다. 그러니 이제부터 무엇을 달라고 하지 말고 무엇을 줄 수 있을까를 고민해야 한다. 성경에 '오 리를 가자고 하면 십 리를 가라'는 말씀이 있다. 달라고 하는 사람은 오 리밖에 못 가지만, 주려고 나서는 사람은 십 리를 앞서 가는 지혜를 가졌다. 상황을 역전시키는 순간 자신이 을乙에서 갑甲이 되는 공식이다.

인생에서 채우는 것보다 비우는 일이 더 쉬운데도 그것을 못하고 산다. 명작《티베트에서의 7년》에서 어느 티베트 여인이 서양인에게 이렇게 말한다. "당신들은 평생을 채워서 이루려고 하지만, 우리들은 평생을 비워도 다 못 비우고 갑니다." 여기에 불행의 원인과 행복의 비결이 다 들어있다.